U0002988

皮克威克奶奶3

Mrs. Piggle-Wiggle's Farm 農場好好玩

貝蒂・麥唐納
Betty MacDonald
劉清彥———譯

目次

專家導讀

充滿智慧的皮克威克奶奶

葛琦霞／悅讀學堂執行長、臺北市立大學學習與媒材設計學系兼任講師

說起小孩，真是讓許多爸爸媽媽又愛又氣。孩子們有的挑食，有的不洗澡，有的愛說謊，有的沒禮貌。爸爸媽媽跟其他家長聊天時，常常會提到自己家小孩的壞習慣，大家也會七嘴八舌提供自己的經驗，想方設法要矯正孩子的問題。這是現代家長的

日常，也是最擔憂的地方。

這些擔憂，童書作家貝蒂．麥唐納早就知道了，於是，她請皮克威克奶奶出場，為我們這些擔憂孩子壞習慣的大人提供了她的方法。皮克威克奶奶從一九四七年開始跟大家見面，為廣大的家長和小孩分憂解勞，她的好方法也深具教育意義，值得我們學習。

在這本《皮克威克奶奶3農場好好玩》，皮克威克奶奶搬到了農場，爸爸媽媽怎麼辦？沒關係，先打電話跟皮克威克奶奶求救，再把小孩送到農場住一陣子就行。書中的小男孩費特拉克就是這樣，他又瘦又小，愛扯謊，讓自己的媽媽在社區家長中丟臉，但是皮克威克奶奶教費特拉克擠牛奶、騎馬等農場工作，讓費特拉克慢慢面對自己扯謊的問題，最後，他變得又壯又誠實，不再扯謊了。

愛寵物的蕾貝嘉，喜愛動物卻常忘記餵食動物，造成動物怨聲載道，爸爸媽媽都受不了。到了農場後，皮克威克奶奶「忘了」照顧她，把她鎖在農舍之外，她受寒受凍後，才恍然大悟自己對動物做的錯事，從此變成非常會照顧動物的專家。還有拆開東西卻無法重新組裝回去的傑夫，疑神疑鬼的膽小菲比，太容易分心的莫頓，都在農場經歷深刻的體驗而改頭換面。

光是皮克威克奶奶這些妙招，其實不足以吸引小讀者。而是作者貝蒂．麥唐納輕快幽默的文筆，讓讀者一下子就感受到壞習慣所造成的災難，也跟著這些小孩體驗各種糟糕的狀況，看到最後的改變，讀者心裡真是鬆了一口氣。正因為皮克威克奶奶對小孩很有一套，長得又很有特色，所以在一九九〇年代，皮克威克奶奶還被製作成電視連續劇，受到許多大小朋友的喜愛。

對我們大人來說，皮克威克奶奶有許多值得學習的地方：

一、她總是接納孩子，縱使這些孩子的壞毛病一覽無遺。

二、她看到孩子做得好的地方，總是毫無保留的讚美。

三、她會創造機會讓孩子體驗而不插手。

四、她會表現自己的喜怒哀樂，讓孩子知道自己做的事會招致什麼樣的狀況。

五、她不囉唆。

童書《保母包萍》和電影《魔法褓母麥克菲》兩位主角，也是幫助孩子改變壞習慣的神奇人物，跟皮克威克奶奶不同的地方是前面兩位都擁有魔法，皮克威克奶奶卻是個平常人，她有的是「方法」，她運用方法找到孩子真正的善良，讓孩子重回天真活潑、善解人意。這本童書讓孩子在幽默的文句、精采的情節中反思自己，是充滿智慧的好童書。

第1章
不老實療方

哈洛威太太在屋旁的院子栽種百日菊。她非常開心，因為那些百日菊長得非常大，不僅莖短而肥碩，葉子翠綠又茂盛，更重要的是，那一年的百日菊相當稀少。哈洛威太太一邊喃喃哼唱，一邊掘坑，準備栽植新苗。她很慶幸自己可以從威斯納先生那取得僅剩的這些花苗，在這棟白色屋子的襯托下，百日菊看起來一定會格外鮮綠耀眼。她在掘好的坑裡倒了一些水，撒了一點肥料，栽入小花苗，再將周圍的土集中填入，用小鏟子壓得平整緊實，一共種了三十三棵。她站了起來，努力伸直僵硬的脊背，然後叫喚正在籬笆另一頭的院子裡栽種紫苑草的鄰居溫特格林太太。「嗨，卡洛琳，快過來瞧瞧我的百日菊！它們真是我種過最漂亮的植物了。」

「噢，真的很美，」卡洛琳．溫特格林太太穿過圍籬的門。「從這裡就看得一清二楚了。妳從哪兒找來的呀？」

哈洛威太太說：「威斯納先生那裡啊！這是他僅剩的一批花苗了。」

「真是的。」溫特格林太太說。

「好啦，別氣了，」哈洛威太太說：「等開花以後，我每天早上都會送妳一大把。」

就在這時候，大門突然被狠狠撞開，九歲的費特拉克像一陣風似的飛奔進院子。「媽，」他大聲哭號，「小朋友都不跟我玩。」

「為什麼？」哈洛威太太從運動衫的口袋裡掏出手帕，擦拭他眼角的淚水。

「不知道，」費特拉克嗚咽哭訴：「他們不喜歡我。可能是因為我太瘦又戴眼鏡吧。沒有人喜歡瘦巴巴的男孩。」

「沒這回事，」溫特格林太太說：「溫布雷·路斯塔不但戴眼鏡，雙腳還穿著支架，所有的小朋友還是很喜歡他。事實上，他可是幼童軍團裡最受歡迎的男孩呢。我是他的訓導媽媽，我非常

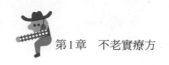

清楚喲。」

「那是真的，費特拉克寶貝，」哈洛威太太說：「大家都愛溫布雷。」

「可是我不喜歡，」費特拉克說：「我討厭他、瞧不起他、痛恨、厭惡、憎恨他。因為他說我是騙子。」

「噢，不會吧，真的嗎？」哈洛威太太發出震驚的叫聲。

「千真萬確，」費特拉克說：「他剛剛在我們家的大門外面說的。」

「真是太可怕了，」哈洛威太太說：「難怪你這麼生氣，可是，說不定他會跟你道歉啊。」

「他為什麼說你是騙子？」溫特格林太太問。

「我不知道。」費特拉克低著頭，一邊用鞋尖在草地上挖洞。

「你當然知道，」溫特格林太太說：「快告訴我。」

「不要，」費特拉克說：「不關妳的事，我才不要告訴妳。」

「為什麼？費特拉克寶貝，」哈洛威太太說：「媽媽不希望我的寶貝兒子沒禮貌。快向溫特格林太太道歉，然後立刻回樓上的躺椅躺一躺。你看起來累壞了！」

費特拉克一句話也沒說，不停的用腳尖挖草地，直到那個洞大到像地鼠洞。

哈洛威太太說：「快說啊，寶貝，向溫特格林太太說對不起。快點，你看起來快撐不住了。」

費特拉克依舊悶不吭聲。他腳下的洞愈挖愈大，現在已經像獾的洞了。溫特格林太太低頭看著費特拉克，彷彿他是隻甲蟲。她說：「好啦，海倫，我要回去了，我在晚餐前一定要種好那些紫苑草。」

哈洛威太太說：「請原諒我們家的費特拉克，他情緒太緊繃了。」溫特格林太太轉過身，重重關上籬笆的門。

哈洛威太太牽起費特拉克又髒又黏的手，一路領著他走回房間，脫掉他腳上泥濘的鞋子，讓他躺在那張白色絨布躺椅上，並且為他蓋上白色的緞面被子，對他說：「小綿羊乖乖，好好休息吧。」

費特拉克一邊閉上那雙在眼鏡後方的眼睛，一邊說：「親愛的媽咪，休息前，我可以先吃點東西嗎？」

「噢，寶貝，當然可以，」媽媽說：「你想吃什麼？喝點濃湯好嗎？」

「不要，」費特拉克說：「我想喝加很多巧克力的麥芽牛奶，一大塊巧克力蛋糕，草莓口味的爆米花，還要兩、三支超大的巧克力棒。」

「全部都要？」哈洛威太太問。

「對，」費特拉克嘆了口氣，「我不是真的那麼想吃，但我得試著讓自己強壯起來。」

「你真是個勇敢的孩子。」哈洛威太太一說完，便匆匆忙忙離開房間。

一聽見媽媽踩著樓梯下樓的聲音，費特拉克便馬上從躺椅跳下來，火速奔向桌子旁，拉開抽屜，拿出一盒巧克力。他一口塞進四顆，再拿了六顆放進口袋，接著便跑到窗邊，朝著正跪在花圃邊的溫特格林太太大喊：「嘿，愛管閒事的老太婆！」

幸好，他嘴裡塞滿了巧克力，所以聲音聽起像是在說：「海，呃古勒啦喔吧啦佛。」

溫特格林太太甚至連頭都沒有轉過來。

幾分鐘後，哈洛威太太端著費特拉克的點心，搖搖晃晃的走進房間時，他已經閉上眼睛，好端端躺在躺椅上了。看見這副令人憐惜的可愛模樣，哈洛威太太差點掉下眼淚。她像隻低聲咕咕鳴叫的鴿子般，輕聲對他說：「寶貝，剛剛是你在叫嗎？」

「不是，」費特拉克說：「我在睡覺。」

「可是我真的聽見有人在大叫。」媽媽一邊用蕾絲枕頭支撐他坐直起來，一邊將托盤放在他瘦骨嶙峋的膝蓋上。

「可能是我說夢話大叫吧，」費特拉克一把抓起巧克力蛋糕，咬了一大口上面的糖霜。「我真的好累好累。」

「可憐的孩子，」哈洛威太太說：「要媽媽念書給你聽嗎？」

費特拉克還來不及回答，電話就響了。哈洛威太太連忙到走廊去接樓上的分機。她說：「噢，是的，瑪萊特太太，是的，是的，是的，妳確定？真的嗎？真的是費特拉克？我會跟他說，實在太抱歉了。我不明白，妳真的確定嗎？好，我馬上跟他說。」

可是，當她回房間要跟費特拉克說話的時候，他已經和麥芽牛奶、巧克力蛋糕和兩支超大巧克力棒一起消失無蹤了。

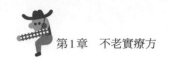

哈洛威太太只能嘆口氣，將躺椅上的碎屑拍乾淨。

電話又響了。哈洛威太太皺著眉頭接起話筒，小心翼翼的應了聲「喂」，隨後，她的臉便像國慶煙火般的閃亮起來。她唧唧喳喳高興的說：「嗨，沃貝斯奇太太，真是太好了，我真的很開心！當然，對呀，對呀，好的，好的，當然。明天午餐嗎？我一定準時到，沒問題。」

一掛上電話，她便迫不及待跑到窗邊，對溫特格林太太興奮的喊著：「嘿，卡洛琳，沃貝斯奇太太邀請我加入『熱心志工』團隊。是不是很棒啊！明天是第一次午餐聚會。我好希望她們會喜歡我！妳覺得會嗎？這對華納的事業有非常重大的意義呢。」

「她們當然會喜歡妳，」溫特格林太太說：「二十五位成員不僅個個聰明，她們的小孩也都和我們的年紀相仿。噢，我得先趕緊種完這些紫苑草，那我們就明天在芙烈達・沃貝斯奇家見面囉。」

哈洛威太太受邀加入鎮上最排外的婦女團體，便完全把瑪萊特太太在電話中說的事忘得一乾二淨——費特拉克穿輪鞋輾過她悉心栽種的鬱金香，要他給個交代！

那天晚餐，費特拉克一臉蒼白，出奇的安靜。哈洛威先生也正在為所得稅和政府浪費公帑的新聞憂心忡忡，因此，哈洛威太太便很識相的不去煩他們，只是不斷的微笑、微笑、再微笑，然後滿腦子想著加入那個新團體的美好畫面。

第二天的午餐，真可以說是完美又成功。鋪了粉紅色餐巾的餐桌上，裝飾著粉紅鬱金香，擺了粉紅蠟燭、粉紅餐巾和粉紅核果盤。主餐是黑櫻桃酒釀櫻桃、堅果、棉花糖、鳳梨、草莓、起司蛋糕和包心菜沙拉佐粉紅色的餅乾。最值得慶幸的是——哈洛威太太也正好穿了一身粉紅，甚至連手套和帽子上的玫瑰花都是粉紅色。整個午餐過程，她開心的簡直要飛上天了，因為大家不停的對她說：「親愛的海倫，妳看起來好漂亮，真希望我也穿粉紅色的衣服來。」沃貝斯奇太太對於邀請她參加也感到非常驕傲。

只是，當「熱心志工」團隊成員移駕至客廳召開正式會議時，哈洛威太太的好心情就結束了。每位女士各自找到椅子坐下，吃起粉紅薄荷糖和粉紅軟糖時，費瑟寧太太突然站起來說：

「各位熱心志工團隊的好姊妹，我先聲明，我完全沒有惡意或勢利眼，但我們投票決定是否讓新成員加入前，有些問題得先說清楚。哈洛威太太，妳先生是不是個舉世聞名的珠寶大盜啊？」

哈洛威太太一臉漲紅，猛然吞下一整顆粉紅軟糖。她說：「費瑟寧太太，妳怎麼能這樣說我先生華納呢？妳非常清楚，他是洛可克萊門公司的執行副總裁。」

「噢，」費瑟寧太太說：「我的消息可是直接從華納的兒子口中聽來的呢。上星期他和我兒子玩紙牌的時候，他親口告訴我，他的爸爸和媽媽哪兒也去不了，因為爸爸在躲倫敦、巴黎、俄羅斯的警察，還有聯邦調查員。他還說，全歐洲的警察局都有華納的相片，他也正在訓練費特拉克——這應該就是妳兒子的名字

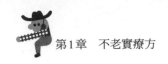

吧？和他一起工作。他說，到目前為止，爸爸只准許他偷一些像戒指或手錶之類的小東西，可是，他覺得自己已經準備好要在聖誕節的時候大幹一票了。」

高曼太太跳起來接腔：「可是，費特拉克告訴我們，他爸爸是火車大盜耶。」

羅伯斯太太說：「他告訴我，他父親專門洗劫寡婦。他還警告，要是他父親跟我談到投資方面的事，千萬別理他。」

哈里森太太則說：「他告訴我和艾希阿姨，哈洛威先生當過牛仔，他的背曾經被野馬踢傷。費特拉克說自己也當過牛仔，可是後來他的額頭被小牛踢傷了，害他的視力受損，所以才必須戴眼鏡。真的，哈洛威太太，我不想多嘴，但是讓那麼小的孩子去套小牛，實在太殘忍了。」

哈洛威太太還來不及回應，平維爾太太馬上接著說：「但我覺得那些都不是真的，因為費特拉克昨天才說了他孤單童年的故事，他說自己必須去賣報紙，還說為了湊妳的醫藥費，他必須去工廠裡做童工。真的，海倫，他說哈洛威先生因為偽造貨幣被抓去關了。」

有七個小孩的古區太太突然尖叫：「偽造貨幣！他不是這樣跟我說的啊。費特拉克說父親在賣小孩，他專門騙遊樂場的小孩，然後賣給孤兒院。」

哈洛威太太一臉慘白如紙。她說：「沒有一句話是真的。我先生是個循規蹈矩、努力上進的市民。費特拉克是個可愛、靈敏又守規矩的小男孩。我很遺憾沒有參加過妳們的聚會，但我也不想加入妳們的團體！」說完，她便哭了起來。

瑪萊特太太說：「哈洛威太太，妳離開前，我還是希望妳能告訴我，我那些鬱金香妳打算怎麼辦？」她轉頭對其他太太說：「昨天費特拉克故意穿滑輪鞋輾過我種的鬱金香，把十七株鬱金香輾傷壓爛了。顯然他母親一點都不在意。」

哈洛威太太說：「瑪萊特太太，我很在意，我非常在意妳的鬱金香，可是當時剛好因為沃貝斯奇太太打電話給我，一時興奮過頭就忘了。妳希望我怎麼做，付錢賠償嗎？」

「噢，天哪，才不是呢，」瑪萊特太太說：「我完全沒有那麼想，我不是故意要惹事生非，我只是覺得妳應該要知道這件事。

小孩在外面闖禍時，任何一個正常的媽媽都想知道吧。我就一定會。我想知道自己小孩的一舉一動，雖然老天爺知道，威利佛真的很乖。照顧他的老保母常說，這孩子乖到簡直是稀有動物。我當然沒有要妳賠錢的意思，再說，妳賠得起嗎？它們可是非常非常稀有的鬱金香，而且正值盛開，是無價珍寶。不過，如果妳那麼堅持，我可以接受妳用別的植物來賠償……那就百日菊吧，我正好發現妳院子裡有一些長得很不錯的百日菊。」

「噢，有啊，」哈洛威太太說：「我們家的百日菊的確長得強壯、健康又茂盛。我一回到家就盡快送去給妳。」

「唉，別急別急，」瑪萊特太太說：「只要在天黑前送來就行了。百日菊當然沒有辦法和鬱金香比，但我猜，我不能太為難妳，對不對？」

哈洛威太太用她的粉紅色手帕擤了擤鼻涕，收拾起她的粉紅手套和皮包，然後走進房間拿她的粉紅外套。原本愉快美好的一天，現在全毀了，她好想死。豆大的淚珠在她的粉紅色衣服上印出一顆顆圓點，也滴落在她的皮包上。就在這時候，最初邀請她來參加聚會的沃貝斯奇太太也走進房間。她將手搭在哈洛威太太的肩上，對她說：「親愛的海倫，別在意那個討人厭的瑪萊特太太，去年，他們家的小威利佛成天騎著腳踏車輾過我的杜鵑花，她不但沒有用別的植物來賠償，甚至連理都不理，也沒有道歉，更不願意把威利佛送去皮克威克奶奶那裡。」

「什麼奶奶？」哈洛威太太抽抽噎噎的說。

「皮克威克奶奶，」沃貝斯奇太太說：「她是個和藹可親的矮小老奶奶，不僅非常喜歡小孩，也很了解該怎麼治他們。事實上，她幾乎把鎮上每個小孩的壞毛病都治好了。」

「可是，她怎麼治好他們？」哈洛威太太又嚶嚶哭泣起來，因為她的腦中浮現出費特拉克被關在伸手不見五指的地窖裡，並且被鐵鍊鞭打的畫面。

「哈，她的辦法可多了，」沃貝斯奇太太說：「有些帶點魔法，有些不是。不過我跟妳說，海倫，鎮上的每個小孩都愛她愛得不得了，而且他們的壞毛病也都被治好了。事實上，被她治好的那些小孩反而變得更愛她。」

「好吧，」哈洛威太太擤了擤鼻子。「那些故事全都是費特拉克捏造的。他的想像力太豐富了，加上他又很孤單，因為沒有小孩願意和他一起玩。皮克威克奶奶住在哪裡？」

「她原本一直住在鎮上那間上下顛倒的房子裡，」沃貝斯奇太太說：「不過去年冬天，她在鎮外的小泉谷買了一個小農場。她有一間漂亮舒適的小農舍，一間有著巨大乾草棚的紅色穀倉，一隻乳牛和一隻小牛，還有一匹馬、幾隻豬、雞、火雞、鵝、綿羊、一隻貓和一隻狗。她還養了一隻鸚鵡和一窩蜜蜂。自從她搬到農場以後，常常邀請小朋友去那裡作客，並且借住在那裡，直到他們的毛病治好為止。她說，這樣正好能讓父母好好喘口氣，小孩在那裡玩得開心，也讓她養的動物日子過得有趣一些，不然牠們會成天擔心是不是要為皮克威克奶奶工作。」

「妳確定把費特拉克送到那裡很安全？」哈洛威太太憂心忡忡的問：「他那麼瘦小，又容易緊張。」

「老實說，我認為費特拉克住在皮克威克奶奶的農場，會比待在這個城裡要安全得多，」沃貝斯奇太太說：「而且他在那裡肯定會長壯一些，就他的年紀來看，確實是有點太瘦弱了。」

「都怪他的頭太大了，」費特拉克的母親說：「養分統統跑到大腦去了，害他的身體這麼瘦弱。」

「儘管如此，」沃貝斯奇太太冷靜的說：「我還是認為讓他去和皮克威克奶奶住一陣子，對他來說是全世界最好的辦法。我認為皮克威克奶奶甚至還能巧妙的處理他頭太大的問題。妳怎麼還不打電話給她？這是她的電話號碼。」

就這樣，在一個星期五下午，皮克威克奶奶正忙著從烤箱裡拿出剛烤好的黑莓塔，有輛綠色的大車子轉進了她的農場。

「哇，真是太好了，」她對貓兒躡躡說：「費特拉克．哈洛威在晚餐前趕到了。」

她聽了許多和費特拉克有關的故事，皮克威克奶奶滿心以為從車子蹦裡出來的會是一個滿臉紅通通的大塊頭惡霸。然而，出乎她意料之外的是——哈洛威先生從車子後座拉出來的，並不是一個看起來非常難搞又愛大肆咆哮和尖叫的男孩，而是一個戴著牛角眼鏡，一臉蒼白又瘦巴巴的小男孩。但是，當他將那個小男孩拉出車外時，小男孩那宛如通心麵般細瘦的手腳先是拼命的狂揮猛踢，最後一刻還使盡吃奶的力氣，緊攫著車門的握把不放，並且發出尖叫：「爸，你可以殺了我！斃了我！割斷我的血管！就是不要把我留在這裡！」

哈洛威先生像紮花束般的聚攏了他的手腳後，便用力從車門握把掰開費特拉克的手指，然後拖著他走過草地，將他甩在皮克威克奶奶屋後的門廊邊。隨後，便轉身目睹這一切，正好遇到從後門出來的皮克威克奶奶。他說：「這傢伙似乎非常不願意待在這裡，我該帶他回家去嗎？」

「當然不要，」皮克威克奶奶向前傾身，將哈洛威先生藍色西裝上的塵土拍拍乾淨。「你把費特拉克留在這裡就好，他不會有事的。還有，如果我是你，我絕對不會把他今天的表現告訴他的母親，免得她擔心。」

「哈，不會的。」哈洛威先生邊開車門邊說。

看著他父親準備離開的身影，原本在草地上像條剛被抓上岸的鮭魚般死命掙扎的費特拉克，馬上雙腳一蹬的跳起來，狂叫著朝父親飛奔而去。

說時遲那時快，皮克威克奶奶的狗兒晃晃，一口咬住了他的夾克，並且用力往後拖。費特拉克一屁股坐回草地上，他又站了起來，晃晃再把他拖下去，然後他又站起來，這一次，晃晃用盡力氣將他拖住後，便一屁股坐在他腿上。

「爸，爸，這隻臭狗咬我！」費特拉克大聲哀號，「救我！快來救我！牠要把我咬死了！」

「不會的，哈洛威先生，」皮克威克奶奶說：「晃晃是世界上最紳士的狗，你趕快開車走吧。」

哈洛威先生驅車離開，一到家，哈洛威太太便火速跑到車子旁邊說：「皮克威克奶奶是怎麼樣的人？費特拉克喜歡她嗎？我親愛的小寶貝開心嗎？他想留下來嗎？」哈洛威先生說：「噢，費特拉克超愛皮克威克奶奶，他好喜歡那裡，我從來沒見他這麼開心。」

「感謝上帝！」哈洛威太太輕輕抹去眼角的淚水。

當費特拉克父親的車子一離開皮克威克奶奶家的車道，他就不再尖叫了。而他一停止尖叫，晃晃也從他的大腿上起身離開。

皮克威克奶奶說：「我的狗兒叫晃晃，牠非常聰明哦。」

費特拉克說：「牠咬我，咬到我的骨頭耶。我可能會得狂犬病死掉。」

「給我看看咬痕。」皮克威克奶奶說。

「呃，看不到啦，」費特拉克說：「我的皮膚非常特別，會馬上癒合。全世界沒有人有這樣的皮膚，連醫生都想把我帶去展示呢。」

「真的？」皮克威克奶奶說。

「沒錯，千真萬確。」費特拉克說。

「哈，哈，哈，哈。」晃晃說。

「嘿，快看，這隻狗在笑。」費特拉克說。

「牠當然會笑，」皮克威克奶奶說：「因為牠覺得你編的故事太荒謬了。進屋裡去吧，好好整理一下東西。你帶了牛仔褲來嗎？」

「我帶了我當牛仔的時候穿的褲子，」費特拉克說：「妳知道嗎，我以前在西部當過牛仔，我套過小牛，也會驅趕牲畜，什麼都會。我都穿著那件褲子。」

「真是太棒了，」皮克威克奶奶說：「穿上牛仔褲後，你就可以騎托洛斯基，以及追趕阿布托絲了。」

「托洛斯基是誰？」費特拉克問。

「我的馬，」皮克威克奶奶說：「牠總是慢吞吞的，也許像你這樣真正的牛仔，可以讓牠動起來，跑快一些。」

「呃，我不能騎馬。」費特拉克說。

「你不是當過牛仔嗎？」皮克威克奶奶說。

「我當過牛仔呀，」費特拉克說：「可是我的背在套小牛的時候受傷了，所以再也不能騎馬了。」

「真糟糕，」皮克威克奶奶說：「托洛斯基一定很失望。我告訴牠有個很可愛的小男孩要來拜訪，牠還答應要教你騎馬呢。當然，我那時候還不知道你曾經當過牛仔。」

費特拉克一句話也沒有說。

皮克威克奶奶帶他上樓，給他看他的房間，並且叮囑他換衣服。她說：「穿好衣服後下樓到穀倉來，我會在那裡擠奶。」

「擠奶？」費特拉克說：「妳是說擠牛的奶嗎？」

「那當然，」皮克威克奶奶說：「我每天早上和傍晚都要為阿布托絲擠奶。」

「我可以看嗎？」費特拉克問。

「沒問題，」皮克威克奶奶說：「所以我才要你下樓來穀倉找我呀。」

「我曾經在牧場工作，」費特拉克說：「所以我早就會擠牛奶了。那是一座很大的牧場，簡直可以說是全世界最大的牧場，養了一萬頭乳牛。」

「真的？」皮克威克奶奶說。

「對呀，」費特拉克說：「我那時候一天要擠五百頭牛的奶，天哪，我可是擠牛奶高手呢！」

皮克威克奶奶說：「你一定很厲害，那麼，你想為阿布托絲擠奶嗎？」

「呃，不行，」費特拉克說：「我擠夠了，這輩子再也不想擠牛奶了。」

皮克威克奶奶說：「好吧，那趕快換好衣服，然後到牛舍找我。」

皮克威克奶奶已經把阿布托絲和小牛海瑟都餵飽了，等到費特拉克穿著整套牛仔裝，還帶了馬刺、套索和兩把槍，叮叮噹噹走進牛舍時，皮克威克奶奶已經擠好半桶牛奶了。

皮克威克奶奶說：「哇，天哪，你真的是個牛仔呢。」

「那當然，」費特拉克說：「我早就說過啦。注意看好，我要來套那隻乳牛了。」

「噢，千萬別這麼做，」皮克威克奶奶馬上阻止。「阿布托絲可能會氣到踢翻牛奶桶。你真的不想擠牛奶嗎？我好累耶。」

「呃，」費特拉克說：「我已經好久好久沒有擠牛奶，已經忘記該怎麼擠了。」

「嘿，沒關係，」皮克威克奶奶說：「我擠給你看。不過，你得先去集乳室把手洗乾淨。」

費特拉克叮叮噹噹的走開，阿布托絲回過頭，對著皮克威克奶奶眨了眨眼。

等費特拉克回來，皮克威克奶奶要他坐在擠奶凳上，並且示範該怎麼擠牛奶。剛開始，他的手顫抖得非常厲害，顯然很害怕阿布托絲不肯賞臉，但是後來，他終於抓到要領，很快的將牛奶擠進桶子裡。但不幸的是，就在那時候，阿布托絲的尾巴垂進桶子裡，而且用力一甩，把牛奶甩進費特拉克的眼睛裡。他尖叫一聲，整個人從擠奶凳上摔了下來，也踢翻了牛奶的桶子。皮克威克奶奶說：「阿布托絲，妳怎麼這樣？費特拉克才剛想起怎麼擠牛奶耶。」

費特拉克站了起來，用他的領巾抹了抹臉上的牛奶說：「啊，皮克威克奶奶，真抱歉，我打翻牛奶桶了。」

皮克威克奶奶說：「別放在心上，牠也這麼對我做過很多次了，你坐下來，擠完剩下的奶，我來抓住牠的尾巴。」

費特拉克又坐下來，很快的，又擠了四分之一桶牛奶。

皮克威克奶奶說：「要不是你說過曾經一天要擠好幾百頭牛的奶，我會說，你是我見過最快學會擠牛奶的人呢。」

費特拉克說：「好吧，嗯……好吧，老實說，我以前從來沒擠過牛奶。我只是希望自己曾經擠過，所以……那只是我想的而已。」

「沒關係，」皮克威克奶奶說：「我也常常這樣，想著想著，就以為自己真的做過了。那是人類的本性。不過，你真的很會擠牛奶，我以你為榮。現在，我要去過濾和冷卻牛奶，你可以上閣樓，丟一些乾草下來給托洛斯基嗎？」

穿著牛仔靴，繫著手槍皮套和套索的費特拉克，要爬上閣樓的小梯子還真有點困難，他只好手腳並用。閣樓上充滿了乾草的香味和飛揚的灰塵，費特拉克從開啟的門看過去，農舍、果園、牧草地、田地、隔壁的農場，甚至是他父親擔任執行副總裁的洛可克萊門公司的廠房煙囪，全都映入眼簾。

看見父親公司的廠房煙囪，讓費特拉克覺得有點怪怪的，彷彿有塊石頭梗在胸口。他用力吞了幾次口水，真希望現在他正在和爸爸媽媽坐在家裡吃晚餐。就在眼淚快要奪眶而出的時候，他聽見穀倉下方傳來一陣有趣的鼻息聲。他彎下身子，沿著鼻息傳來方向的滑運道看過去，發現一隻有著紅色棕毛的乳白色大馬，正仰著頭看他，並且又向他噴了噴鼻息。

皮克威克奶奶高聲嚷嚷著：「托洛斯基正在跟你說，趕快丟乾草給牠，乾草叉就在門邊。」

費特拉克挺直身子向門走去，他全新的牛仔靴很滑，害他連摔了兩次，不過他還是拿到了乾草叉。就在丟第四鏟乾草下去的時候，腳底一滑，手一鬆，整個人就飛出去了。不過很幸運的是，當他回過神來時，他已經躺在托洛斯基的馬槽裡了。

「噢，天哪，你受傷了嗎？」皮克威克奶奶一邊大叫，一邊慌慌張張的從集乳室跑出來。

「沒有。」費特拉克從嘴裡拉出幾根乾草。

「發生什麼事了？」皮克威克奶奶把他從馬槽裡拉出來。

「都怪我這雙牛仔靴太滑了，」費特拉克說：「皮克威克奶奶，妳也知道，就像我剛剛說的，我其實沒有當過牛仔，也不知道該怎麼騎馬，這套牛仔裝是媽媽昨天剛買給我的。」

「那太好了，」皮克威克奶奶說：「因為，這樣托洛斯基就不會失望了。你也看得出來，牠一直很期待教你騎馬。既然你都穿好一身牛仔裝了，那麼，為什麼不在晚餐過後，沿著起伏的小路騎一趟呢？」

「耶，太棒了！」費特拉克說。

托洛斯基低下頭，嗅聞著他的手槍皮套。

皮克威克奶奶說：「牠想吃糖，來，給你。」她伸手進圍裙的口袋，拿了四塊方糖給費特拉克。他將方糖放在自己的手掌上，托洛斯基用自己的嘴脣輕輕的將方糖一顆顆咬進嘴裡。

「天啊，牠是一隻喜歡甜食的馬！」費特拉克笑臉盈盈的對皮克威克奶奶說。

「你說得沒錯，」皮克威克奶奶說：「但是，千萬不能嘲笑牠，如果嘲笑牠，牠就會咬你，這是牠唯一的缺點。」

費特拉克說：「別擔心，托洛斯基，我絕對不會嘲笑你，絕對不會！因為我了解你的感受，別人嘲笑我的時候，我也會咬他。」

皮克威克奶奶說：「好，我帶你去見見我的小豬萊斯特，以及豬媽媽芬妮。然後你可以幫我餵小牛海瑟，還有火雞、鴨、鵝和母雞。」

穀倉院子的另一頭傳來尖叫聲。「皮克威克奶奶，那我呢？潘妮洛普呢？」

「哈，對，」皮克威克奶奶說：「那是我的鸚鵡潘妮洛普，牠也會幫我工作，牠不戲弄其他動物的時候，真是一隻非常棒的鸚鵡呢。」

「噢，真的嗎？」潘妮洛普尖叫：「噢，真的嗎？這裡的工作都是誰做的？是我，是我，是我。」

「別為自己感到難過了，回屋裡去吧！」皮克威克奶奶說。

「我想看鸚鵡，牠在哪裡？」費特拉克興奮的說。

「在水槽旁邊的柳樹上。」

費特拉克才剛跑出穀倉大門，一隻綠色的大鸚鵡便從柳樹筆直落在地上。

「嗨，鸚鵡！」費特拉克大喊。

「嗨，你這傢伙，」潘妮洛普氣呼呼的說：「你做你的，我做我的。」

「要啃葵花子嗎？」費特拉克大聲說。

「別胡鬧了。」潘妮洛普搖搖晃晃的走向農舍。

「天哪，好愛生氣的鸚鵡。」費特拉克對皮克威克奶奶說。

「牠真的很愛生氣，」皮克威克奶奶說：「不過，對付那些愛爭辯和說話不禮貌的小孩，牠可是很有一套呢。」

「牠可以對我友善一點嗎？」費特拉克憂心忡忡的問。

「當然可以，」皮克威克奶奶說：「我讓你餵牠吃晚餐，不要五分鐘，牠就會對你很友善了。唉呀，天哪。天色愈來愈暗了，我餵雞的時候，你可以幫我撿雞蛋嗎？」

「好啊！」費特拉克說。

「你知道該怎麼做嗎？」皮克威克奶奶問。

「呃，當然知道，我曾經……嗯，曾經……好吧，我從來沒有撿過雞蛋。」費特拉克說：「要怎麼做？」

皮克威克奶奶將手臂搭在他肩上，給了他一個擁抱，並且對他說：「你知道嗎？費特拉克，我想，我們應該會變成很好很好的朋友。好，去集乳室拿撿雞蛋用的籃子。那個鐵絲編成的籃子模樣有點奇怪。」

費特拉克和皮克威克奶奶住了整整一個月，他不但可以騎在托洛斯基的背上疾馳狂奔，爬上果園裡的每一棵樹，擠牛奶的技術比皮克威克奶奶還要好，還整整胖了六公斤。現在，他只在看書的時候才戴眼鏡，甚至可以把球拋到小徑的盡頭。他不但和潘妮洛普成了最好的朋友，就連晃晃和躡躡也都睡在他的床上。

只要一想到回家，他就會非常難過，直到皮克威克奶奶告訴他，溫特格林太太打算邀請他參加幼童軍團。「妳確定嗎？皮克威克奶奶？」他聽見這個消息後問。

「非常確定，」皮克威克奶奶說：「昨天晚上你在撿雞蛋的時候，她打電話來。」事實上，是皮克威克奶奶打給溫特格林太太的。一開始，溫特格林太太意興闌珊，直到聽說費特拉克變成多麼棒的小孩後，才開始改變想法。

「我是說，妳一點都不擔心嗎？」費特拉克問。

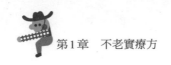

「對啊，有什麼好擔心的呢？他們有什麼理由不讓你參加幼童軍團？」

「嗯，」費特拉克一邊扭著自己的右耳，一邊說：「很久以前，我是說，我來到這裡以前，我是個可怕的大騙子。我的意思是，我跟大家說過各式各樣的謊話，像是，我爸是洋基隊的投手，我當過牛仔，我爸是國際知名的珠寶大盜，我媽是電影明星……那些小朋友不但不相信，還一直嘲笑我，所以我就踢他們、咬他們，他們都很討厭我。」

「嗯，你又不是第一個這麼做的小孩。」皮克威克奶奶非常平靜的削著蘋果。

「妳是說，」費特拉克說：「其他小孩也會這麼做嗎？」

「那當然，」皮克威克奶奶說：「那是最自然不過的事了。你長得又瘦又小，也不太會打球，還戴了眼鏡，所以只好假裝一些事情。可是現在，你已經長高長壯了，可以把球丟得很遠，還會騎馬，就不必再假裝囉。」

「我知道，」費特拉克說：「奇怪的是，我不討厭那些小朋友了。只要一想到他們，就很開心，我想他們也會喜歡我。」

「我敢打賭，一定會！」皮克威克奶奶說。

哈洛威夫婦要來接費特拉克那天，皮克威克奶奶不僅邀請他們一起共進晚餐，還要他們早點來。

他們真的提早來了，下午四點，當車子開進車道時，有個高壯、黝黑，而且笑得非常燦爛的男孩，騎著馬飛奔過來迎接。剛開始，哈洛威太太完全沒有認出那就是費特拉克，可是一發現那竟然是自己的兒子後，便高興得哭了起來。她說：「噢，我真感動。下次『熱心志工』的聚會在我家，我一定要讓每個人好好認識費特拉克。」

哈洛威先生為兒子的改變感到十分驕傲，尤其是看見他擠牛奶的時候。「天啊，」他說：「天哪！」他伸出手臂搭在費特拉克肩上說：「怎麼樣，要不要跟我去看職棒的季後賽？我去買票。」

「耶，太棒了。」費特拉克說。

說時遲那時快，阿布托絲又把尾巴垂進牛奶桶裡，把牛奶甩在費特拉克的臉上。他的爸爸嚇得趕忙跳離三尺遠，費特拉克卻連眉頭都沒皺一下。他小心翼翼的用袖子擦了擦眼睛說：「老爸，可以幫我抓住阿布托絲的尾巴嗎？別怕，牠不會傷害你。」

第2章 忘記餵小動物療方

蕾貝嘉・羅菲很喜歡小動物，她的房間看起來就像動物園。五斗櫃上有個金魚缸，裡面有四條金魚。床頭櫃上有個裝滿石頭的盤子，底下住著兩隻烏龜。桌上的鐵罐裡養了二十七隻蝌蚪，植栽檯燈架上住著一隻變色龍。枕頭上躺著一隻大灰貓，床底下的籃子裡還有四隻小貓。床下還有一隻會打呼的英國長毛獵犬，床腳處則睡著一隻蘇格蘭獵犬。

蕾貝嘉的後院有兩隻天竺鼠、一隻比利時兔、一隻知更鳥寶寶、四隻白老鼠和一隻矮腳公雞。

她的爸媽都很高興她這麼喜愛動物，唯獨有一件事令他們苦惱，就是——那些動物實在太吵了。每個早晨天剛亮，公雞就開始啼叫，接著，兩隻狗兒便會從前門的階梯直衝而下，拼命追著送報生狂吠、猛追。再來，灰貓就會「喵」的一聲跳上羅菲先生的胸口，並且不斷用尾巴在他嘴邊掃來掃去，告訴羅菲先生牠要出去。天竺鼠唧唧叫，金魚躍出水面濺水，屋外傳來知更鳥寶寶的叫聲，兔子跳來跳去，小白鼠也吱吱叫個不停。每天早上，羅菲先生都會暴跳如雷的下床，踩著重重的腳步，大聲嚷嚷：「把這些吵人的傢伙全部送走，我快被搞瘋了。我從來沒有一天晚上能好好睡，家應該像一座城堡，讓人可以安靜的放鬆休息。這間房子真是個可怕的夢魘，整晚都有東西在嘎嘎叫、喔喔啼、吱吱叫、喵喵叫、蹦蹦跳或汪汪叫。」

然後，蕾貝嘉便會走出房間大吼：「要我的寵物走，我也跟著走，我們全部一起離開。」

這時候，羅菲太太就打圓場，「好啦，別那麼嚴厲。不要再嚷嚷了，看看你，惹得蕾貝嘉那麼生氣。」

「到底是誰在嚷嚷？」先生發出怒吼。

原本美好的一天常常就這麼毀了，就算羅菲太太那天烤了蛋糕和香腸，也沒有人會吃早餐。

這種吵吵鬧鬧的戲碼每天都在上演，從某一天開始，羅菲太太的臉冷酷到像製冰盒，羅菲先生被怒氣漲紅的臉像煮熟的螃蟹，而蕾貝嘉的雙頰布滿淚痕，並且冒出許多小紅斑，大家都以為那是永遠無法消褪的痲疹。

就連鄰居也開始怨聲連連。

有天早上，羅菲太太和鄰居班史密太太聊天。班史密太太說：「我的天啊，我們家真是愈來愈擁擠了，羅奈德昨天又帶了一隻叫賽德里克的雪鴞回家。」

「雪鴞也是寵物嗎？」羅菲太太驚呼。

「噢，那當然，」班史密斯太太說：「他已經有七隻貓，十一隻小貓，六隻狗，一隻鸚鵡，兩隻金絲雀，和一隻臭鼬——妳放心，牠不臭了，還有一頭驢子，一隻母雞，一隻綠頭鴨，一隻大烏龜和三十七條金魚。」

「至少牠們都很安靜！」羅菲太太說：「我們家也有養小動物，牠們從早到晚嘎嘎叫、喔喔啼、吱吱叫、喵喵叫、蹦蹦跳或汪汪叫。我家沃福頓已經快要崩潰了，我也擔心蕾貝嘉的臉上永遠會有那些小紅斑。」

「不知道那些動物為什麼會那麼吵，」班史密太太說：「肯定有問題。你們什麼時候餵牠們？」

「我不曉得，」羅菲太太說：「都是蕾貝嘉在餵。」

「也許問題就出在這裡，」班史密太太說：「說不定是蕾貝嘉忘了餵食，忘了給牠們水喝，這是小孩常犯的錯誤，我知道，像我就得成天盯著賽德里克。好啦，我該進屋裡去了，我正在烤狗餅乾，我可不想烤焦了。」

那天中午，蕾貝嘉回家吃午餐的時候，羅菲太太說：「蕾貝嘉寶貝，妳昨天晚上餵過那些動物嗎？」

「天啊，我忘了！」蕾貝嘉說。

「那今天早上呢，餵了沒？」媽媽又問。

「天啊，我忘了！」蕾貝嘉說。

「有沒有給牠們水喝？」媽媽說：「我昨天發現，金魚該換水了，烏龜也都無精打采。」

「唉，我忘了……」蕾貝嘉的嘴裡塞滿了酸黃瓜和花生醬。

「好，這位小姐，」羅菲太太說：「妳馬上給我起來，去照顧那些動物，三明治也別吃了，因為妳絕對不會比牠們更餓。」

於是，蕾貝嘉把該餵的餵了，該換的水也換了，第二天一切風平浪靜，羅菲先生笑臉盈盈，吃著早餐的鯡魚和炒蛋，就像知更鳥寶寶一樣愉快。

「多麼美好的早晨啊，」他邊說，邊遞出咖啡杯續杯。「我今天會早點回來割草。」

「你肯定睡了個好覺，」羅菲太太說：「我下午會先把鋤草機磨好。」

「沒關係，等我回來再弄就好，」羅菲先生搶著說：「蕾貝嘉呢？」

「她在餵動物，」她的媽媽說：「她最近很認真的照顧動物，所以動物也都乖乖的，不吵不鬧了。」

「很好，很好，」羅菲先生說：「妳看，親愛的，昨天對她吼一吼還是有用。心不要太軟，不用捨不得對小孩嚴厲。我告訴妳，親愛的，管教可以成就偉大的男人。妳隨便說一個小時候接受過嚴格管教的男人，我就能說出他的偉大之處。想當年，我還小的時候……」

「你上班快遲到了，拿去，你的外套。」羅菲太太催促。

蕾貝嘉一直沒有進屋裡來吃早餐，羅菲太太反覆加熱炒蛋，直到那些炒蛋變得像橡膠一樣硬，吐司也烤了又烤，到後來吐司也變得和鋼板一樣硬。眼看都快十二點了，蕾貝嘉還是沒有出現。等到她終於進屋裡來的時候，頭髮和臉上都沾了綠色油漆。

「妳到底去哪裡了？」羅菲太太說：「我一直在幫妳熱早

餐，熱到十一點多。」

「我在幫馬修斯先生油漆他的車庫。」蕾貝嘉邊說，邊走向餅乾罐。

「午餐前不准吃餅乾，」媽媽說：「妳離開前，有沒有餵那些動物，幫牠們加水。」

「不！我又忘了……」蕾貝嘉在餐桌旁坐下來，開始狼吞虎嚥的喝湯。

「妳馬上去照顧牠們。」羅菲太太說。

「可是媽，我餓死了，」蕾貝嘉說：「我連早餐都沒吃耶。」

「妳的寵物也是，」媽媽說：「快去！」

這樣的戲碼日復一日上演。有時候蕾貝嘉會記得照顧自己的寵物，但大多數時候，她都忘得一乾二淨。

參加橋牌社活動時，羅菲太太緊張得有些漫不經心，儘管艾靈雪太太特別準備了她喜歡的油漬橄欖、腰果、葡萄乾、櫻桃糖、鮮奶油和酸黃瓜沙拉，她還是一點胃口也沒有。

艾靈雪太太受夠了自己精心準備的午餐不受青睞，忍不住抱怨：「妳到底怎麼了，卡珊卓？妳什麼東西都沒碰。喏，拿去，這是妳最愛的花生醬沙丁魚和橘子果醬沙拉三明治。」

「不，謝了，艾蜜莉，」羅菲太太無精打采的說：「我不餓。」

「身體不舒服嗎？」方荷太太問。

「唉，沒有。」羅菲太太說。

「和沃福頓吵架啦？」夏普太太問。

「天哪，都不是，」羅菲太太說：「就算祕書長不願意追加沃福頓想要的預算，我們也都還過得去。尤其是每次爭執都是我先讓步。」

「妳真是太委屈了，」茅斯崔普太太說：「雖然我知道自己沒有什麼資格這樣說，因為我也是每天都在忍受艾魯德。」

「卡珊卓，那妳的問題到底是什麼？」艾靈雪太太問：「說出來聽聽，我們是妳最好的朋友，絕對不會對外透露半個字。」

「好吧，」羅菲太太說：「是蕾貝嘉啦。她養了數不清的寵物，卻一天到晚忘記餵，結果那些動物就整晚嘎嘎叫、喔喔啼、吱吱叫、喵喵叫、蹦蹦跳或汪汪叫，搞得我們連覺都睡不好。我叫她、吼她，連嗓子都快啞了，她還是說忘就忘，真是拿她一點辦法也沒有。」

「妳現在該做的，」艾靈雪太太說：「就是打電話給皮克威克奶奶。」

「她不是搬到城外去了嗎？」羅菲太太說。

「是啊，」艾靈雪太太說：「她搬到農場去了，可是離這裡不遠，而且只要把小孩送去她那裡住一段時間，他們的毛病就會治好了。」

「妳為什麼不現在就打電話給她？」茅斯崔普太太說。

「對啊，現在就打，」艾靈雪太太說：「講完電話以後，一定要嘗嘗我這些可口的點心。我還準備了巧克力、堅果、鮮奶油、香蕉、惡魔蛋糕、椰子和花生粒卡士達醬。」

「好好吃呢！」大家異口同聲的附和。

於是，羅菲太太從餐桌旁起身，打電話給皮克威克奶奶。

「哇，雷貝嘉．羅菲！」星期五下午，皮克威克奶奶說：「長這麼大啦，我差點認不出妳來。真漂亮。」

「我還是一樣調皮搗蛋，」蕾貝嘉說：「我是社區棒球隊的投手，美式足球隊的攔截手，還是吐口水高手。」

「真了不起，」皮克威克奶奶說：「妳想學怎麼擠牛奶嗎？」

「當然，」蕾貝嘉說：「我還想幫妳割乾草，清理穀倉和粉刷房子。」

「嗯，」羅菲太太說：「看樣子蕾貝嘉在這裡會很開心。」

「我可以住多久？」蕾貝嘉問。

「兩個禮拜如何？」皮克威克奶奶說。

「天哪，媽，可以嗎？」蕾貝嘉懇求。

羅菲太太說：「好吧。」

「耶，太棒了，」蕾貝嘉給了媽媽一個大大的擁抱。「嗯，我想，我最好趕快去穀倉，先和動物交朋友。媽，掰囉。」

「再見，親愛的……」羅菲太太努力擒著眼中的淚水。

皮克威克奶奶對她說：「別擔心，羅菲太太，我和蕾貝嘉是老朋友了，我們會相處得非常好。」

羅菲太太抽抽噎噎的說：「我知道，是我自己覺得孤單。」

她鑽進車裡，驅車離去。蕾貝嘉從乾草棚的門前，拼命向她揮手。

只要有人愛牠們，不怕牠們，所有的動物都會知道，因此，皮克威克奶奶的動物，很快就喜歡上蕾貝嘉了。她可以大剌剌的走進芬妮和小豬仔的欄舍，芬妮平常都會咬那些闖進欄舍的人，卻對蕾貝嘉非常友善。萊斯特、晃晃和躡躡當然也很愛她，整天跟著她在農場裡到處走來走去。就連壞脾氣的公鵝華倫也不討厭她，頂多在她遠遠落後隊伍的時候噓她幾聲。她為馬兒托洛斯基梳毛，直到牠的身體像緞子一樣閃亮，並且將牠帶到水槽邊，用肥皂和硬棕毛刷，將馬蹄刷得閃閃發亮。她也為小豬萊斯特好好洗了個泡泡澡，用皮克威克奶奶的浴巾將牠擦乾，還在牠的耳朵後面噴了一點百合香水。

她將穀倉裡所有動物的欄舍清理得乾乾淨淨，鋪上新鮮的乾草。也打掃了雞舍，鋪上新的泥炭沼，還在果園裡為芬妮的寶寶做了一個小圍欄，讓牠們可以出來透透氣，然後把芬妮帶進萊斯特的圍欄，用熱的肥皂水澈底清洗了欄舍，再重新鋪上聞起來香甜的乾淨木屑。潘妮洛普的籠子、兔子的木箱和火雞的欄舍當然也都沒放過。她不但忙得很開心，也幫了大忙。

「如果沒有妳，我還真不知道要怎麼管理這座農場，」皮克威克奶奶對她說：「尤其現在妳還學會了擠牛奶。」

「我想在這裡住一輩子，」蕾貝嘉說：「我喜歡農場，喜歡動物，也喜歡妳。」

晃晃舔了舔她的手，蹦蹦跳到她的肩上，潘妮洛普不停的說：「我們愛蕾貝嘉，我們愛美麗的蕾貝嘉。」

一切便這麼井然有序又快樂的度過了一個星期。有一天，皮克威克奶奶必須帶萊斯特去韓德瑞克家，去矯正厄尼斯的餐桌禮儀。

皮克威克奶奶必須很早起，搭清晨六點半的巴士，因為那是經過小泉谷的唯一一班車。她告訴蕾貝嘉，自己會盡量在天黑前趕回來。

蕾貝嘉說：「別擔心，皮克威克奶奶，我會餵飽所有的動物，也會為阿布托絲擠奶。我可以帶托洛斯基和綿羊去南邊的草地嗎？」

「很好啊，」皮克威克奶奶說：「別忘了海瑟的小牛餐，還有，天黑前要把所有的小雞、小鴨和小鵝統統趕進欄舍，妳知道那隻貓頭鷹普利茲，總是虎視眈眈的盯著牠們。啊，對了，地下室裡有一桶牛奶，記得加進芬妮的食物裡。好啦，我最好趕快走，不然就要錯過巴士了。來吧，萊斯特。」

蕾貝嘉給了皮克威克奶奶與萊斯特親吻和擁抱，然後不斷的向他們揮手，直到手痠為止。接著便向穀倉走去。

就在她要打開水槽的水龍頭時，突然聽見麥田傳來有趣的聲音。聽起來像蒸汽引擎發出的噗噗聲響。她努力張望，卻什麼也看不見，因為視線被雞舍擋住了。於是，她跑上小山丘，爬上一棵大楓樹，終於能夠一覽無遺的看清楚麥田了。可是，什麼也沒有。她決定直接跑過麥田，來到籬笆邊。籬笆另一側、拉森先生的麥田裡有一輛紅色的大牽引機，停在那裡，噗噗作響。

「嗨，你好！」蕾貝嘉朝著牽引機大喊。

「妳好，」牽引機的後輪處傳來回應：「我弄丟了一支釘子，妳可以幫忙找找嗎？」

「沒問題，」蕾貝嘉說：「哪一種？是安全型，還是一般型？」

有個高壯的男人站了起來。他說：「是開口銷。一種前端有分岔的釘子。」

「啊，我知道，」蕾貝嘉說：「我的腳踏車上也有那種。我的腳踏車都是自己修理的哦。」

「真能幹，」那個男人說：「我叫尼爾斯．拉森，妳呢？」

「蕾貝嘉．羅菲，」蕾貝嘉說：「我來拜訪皮克威克奶奶。」

「很好，」尼爾斯說：「她是個非常親切的老奶奶，等她的麥田成熟了，我會去幫她收割。」

「我可以幫忙嗎？」蕾貝嘉問。

「當然可以，」尼爾斯說：「但是現在，我得先找到那支開口銷，才能把工作搞定。」

半個多小時後，蕾貝嘉終於找到那支開口銷了。為了答謝她，尼爾斯特別讓她和自己一起坐上牽引機，還帶她回家吃午餐，拉森太太準備了新鮮的麵包、雞肉、餃子和黑莓派。她度過一段愉快的時光，卻把皮克威克奶奶的動物全都拋在腦後了。

阿布托絲在她的欄舍裡大聲嚎叫，等著被擠奶和餵食。托洛斯基也在自己的欄舍裡哀號，等著有人帶食物來，並且放牠去草原上走走。芬妮和小豬仔因為沒吃到早餐，咕咕噥噥的發著牢騷。雞群咯咯叫，艾伯特用最宏亮的聲音尖叫著「早餐」。鵝夫婦華倫和艾弗琳，還有綠頭鴨夫婦米拉德和馬莎，要帶牠們的寶寶到水槽游泳，可是裡面一滴水也沒有。蕾貝嘉忘記加水了。

躡躡在穀倉屋頂喵喵叫，但牠的碟子裡依舊又乾又空。晃晃不停的汪汪叫，水盤裡也是空空的。母雞喬洛帝、萊帝和寶帝帶著牠們的寶寶爬上屋後的門廊，想看看皮克威克奶奶為什麼沒有丟穀子給牠們吃、給牠們水喝。海瑟呶呶叫嚷著要吃早餐，克萊曼帝斯和牠的小羊也紛紛從南邊的草地走過來一探究竟。

這時候，蕾貝嘉正在尼爾斯家高聲叫喊：「好啊，查理！」因為她正牽著一匹白色的老馬走過兩排馬鈴薯。她汗流浹背，身上了布滿塵土，一張臉晒得像番茄一樣紅通通，卻不以為意，因為實在太好玩了。直到將近六點的時候，尼爾斯才終於要她把查理牽進欄舍裡準備吃晚餐。

「晚餐！啊，我的天哪！」蕾貝嘉說：「噢，我的天哪，我忘了餵動物，忘了為阿布托絲擠奶，也忘了帶托洛斯基去南邊的草地。不好了，我該怎辦？」

「妳最好用最快的速度跑回去。」尼爾斯說：「聽起來妳有大麻煩了。」

皮克威克奶奶農場所有動物的哀號聲，穿透了傍晚寂靜的空氣，從田地的另一邊如滾滾波濤席捲而來。

「食——物——！」阿布托絲大聲吼叫。

「牛——奶——！」海瑟哭鬧。

「燕——麥——！」托洛斯基哀號。

「穀——子——！」母雞咯咯叫喊。

「牛——奶——！」躡躡喵喵埋怨。

「食物！食物！食物！」晃晃汪汪咆哮。

「餵我！餵我！餵我！」潘妮洛普尖叫。

「她忘了我們的食物！她忘了我們的食物！」艾伯特說。

「午餐！午餐！午餐！午餐！」芬妮咕咕噥噥。

「餵——我——！餵——我——！餵——我——！餵——

我——！餵——我——！餵——我——！餵——我——！餵——我——！餵——我——！餵——我——！餵——我——！餵——我——！餵——我——！餵——我——！」十四隻小豬同時哼哼叫個不停。

「飼料！飼料！飼料！」小火雞也不停叫嚷。

「我們要咕嚕嚕——咕嚕嚕——咕嚕嚕——咕嚕嚕！我們要咕嚕嚕——咕嚕嚕——咕嚕嚕——咕嚕嚕！」湯姆說。

「太可惡——！太可惡——！」公鵝華倫破口大罵。

「回來——！回來——！」綠頭鴨麥拉和馬莎齊聲大喊。

蕾貝嘉低著頭。「真是太丟臉了，我竟然完全忘記了自己的朋友。」

「妳光是在這裡覺得慚愧，一點用處也沒有，」尼爾斯說：「趕快回去餵牠們吧。」

「再見了，尼爾斯，」蕾貝嘉說：「你真是太好了，不但讓我坐牽引機，還讓我牽你的馬玩。」

「我也很開心，」尼爾斯說：「隨時歡迎妳過來玩。」

蕾貝嘉像隻燕子般飛越馬鈴薯田，跑過麥田，鑽過帶刺的鐵絲網時，還不小心扯破了右腿的牛仔褲。她火速跑過麥田，越過小山丘，跑過雞舍直奔穀倉。裡面早已充滿了震耳欲聾的叫聲。晃晃第一個看見她，牠從屋子裡衝了出來，穿越大門在牠的腳邊跳來跳去，將她絆倒。牠不但沒有舔蕾貝嘉的臉向她道歉，甚至還站得直挺挺的對她咆哮。

蕾貝嘉說：「嗚，晃晃，求求你，原諒我，我真的很抱歉。我不是故意忘記你的食物。」

晃晃冷冷的轉過身去，走向托洛斯基的欄舍。

蕾貝嘉站起來，趕緊跑進餵食間，挖起一大鏟飼料倒進阿布托絲的飼料槽裡。她說：「真的很抱歉，阿布托絲，我馬上為妳擠奶。」阿布托絲撇過頭去，不看她一眼。

接著，蕾貝嘉又馬不停蹄的爬上閣樓的梯子，剷下一把又一把的乾燕麥草，直到托洛斯基的馬槽整個滿出來為止。她說：「噢，托洛斯基，請原諒我。」托洛斯基轉過身去，背對著她。

接下來，她又跑進地下室，提著廚餘和牛奶出來。一共兩大桶，她費了好大一番功夫，才氣喘吁吁的提到芬妮的欄舍。「給妳，可憐的芬妮。」她連同裝牛奶的桶子一起放進飼料槽。

「哼。」芬妮猛然咬了她的手一口。

「喂，芬妮，妳怎麼這樣？」蕾貝嘉哭了起來。

「啵啵啵。」芬妮將鼻尖整個埋進牛奶裡，蕾貝嘉把另一個桶子裡的東西也倒進去，用袖子擦擦眼淚，便趕忙去為阿布托絲擠奶。

阿布托絲的乳房幾乎快要脹破了，牛奶滴得地板到處都是。蕾貝嘉覺得好慚愧，她用最快的速度擠奶，牛奶咻咻的噴進桶子裡的時候，她突然感覺到自己的腳傳來一陣刺痛。她低頭一看，發現躡躡甩著尾巴，目光炯炯的站在她的腳邊，正打算再用爪子抓她。蕾貝嘉馬上起身，在躡躡的盤子裡倒滿剛擠的溫牛奶，擠完牛奶前，她整整倒了三盤。

海瑟餓壞了，蕾貝嘉還沒來得及添加小牛的食物，牠便嘖嘖的喝掉了半桶溫牛奶。好不容易餵飽海瑟，蕾貝嘉擠完剩下的奶，放在一旁等它冷卻，馬上抱來一堆乾草給阿布托絲，再提來兩桶乾淨的水為牠清理欄舍，鋪上新先的乾草。接著又去清理托洛斯基的欄舍。但是，她才剛一腳踏進欄舍，托洛斯基便向後一退，馬蹄正好不偏不倚的踩在蕾貝嘉的腳上。「托洛斯基，你踩得我好痛。」

托洛斯基轉過頭來，輕蔑的看了看她，緩緩抬起自己的腳蹄。蕾貝嘉一跛一跛的提來兩桶水，托洛斯基咕嚕咕嚕一口氣喝完。蕾貝嘉也開始為牠清理欄舍，鋪上新鮮的乾草，再倒一桶燕麥在馬槽裡。她不太敢進去芬妮的欄舍，不過小豬仔還在喝奶，她知道牠們的食物很充足。

接著，她火速奔向雞舍。所有的雞都在睡覺了，但她還是倒滿飼料，並且多撒些穀子給早起的雞啄食。兩隻母雞蹲在窩裡，當蕾貝嘉將手伸進牠們下面準備撿雞蛋時，卻冷不防的被牠們用力的啄了一下自己的手腕。

照料好雞隻後，蕾貝嘉又趕忙去餵鴨子、鵝、兔子和老母雞，也為綿羊倒滿水。天哪，她好餓、好累！她拖著沉重的腳步走向屋子，卻馬上聽見潘妮洛普的尖叫聲：「鬼混小姐，整天鬼混。晚餐呢？晚餐呢？晚餐呢？」

「最最最親愛的潘妮洛普，求求妳原諒我，」蕾貝嘉說：「我馬上送妳的晚餐來。」她試著打開後門，但門鎖住了。「我該怎麼辦？可憐的潘妮洛普。」她邊說邊拉扯門把。就在那時候，她在汲水幫浦旁的長椅上發現了一盒鸚鵡飼料。「給妳，可憐的挨餓小鸚鵡。」說完，便在潘妮洛普的飼料盒中倒滿飼料。

潘妮洛普從棲木上跳下來，攀著籠子靠過來狠狠的啄了蕾貝嘉的手指。「噢！」蕾貝嘉忍不住叫了起來。

「活該，壞女孩！」潘妮洛普說。

晃晃走上屋後的門廊，對她咆哮。

「安靜，狗，」潘妮洛普嚷嚷著：「我在吃飯！」

「汪，汪，汪！」晃晃叫完，便一屁股坐在蕾貝嘉的腳上。

「可憐的晃晃，」她說：「你想吃晚餐對吧？如果你願意離開我的腳，我就進屋裡拿。」晃晃馬上起身，蕾貝嘉試著想打開後門，那扇門依舊緊緊上鎖。

「我先弄點水給你喝，」她走向汲水幫浦，才剛要打水，卻很驚訝的發現，水槽裡晃晃的盤子竟然放滿了狗飼料。「天哪，皮克威克奶奶從來不會忘記任何事情。」她拿出盤子，放在地上。晃晃馬上衝過來，狼吞虎嚥的吃了起來。

蕾貝嘉為晃晃打了一碗水，也為潘妮洛普的水盤裝滿水，然後走到屋子前面，看看前門是否也上鎖了，果然沒錯。「真奇怪，」蕾貝嘉說：「皮克威克奶奶平常都不鎖門啊。」她試了試窗戶，也鎖住了。她沮喪又飢餓的繞到屋子後面，坐在屋後的階梯上，等皮克威克奶奶回來。

夜幕宛如一張巨大的蜘蛛網，漸漸的籠罩了柳樹、穀倉、雞舍、工具間和果園。一輪黃色大明月從拉森家的桃子園後面緩緩升起。從沼澤地到林間小徑，數百萬隻青蛙也開始齊聲高唱，農場內的動物也都安靜下來。萬籟俱寂，只剩蛙鳴，安靜又孤單。

兩顆豆大的淚珠，從蕾貝嘉那雙漂亮的棕色眼睛滾了出來，滑下她如玫瑰般的紅潤雙頰。晃晃走過來趴在她的旁邊，她伸手蹭蹭晃晃身上的毛說：「我又餓又孤單，我想，皮克威克奶奶已經把我忘得一乾二淨了。」晃晃轉過頭來，舔了舔她的臉頰，這個小動作讓蕾貝嘉覺得自己更加可憐，便哭得更大聲了。

就在那時候，夜晚的靜謐突然化為難以計數的碎片，鴨子開始呱呱叫，鵝咯咯叫，萊帝、寶帝和喬洛帝也歇斯底里的尖叫。

晃晃狂吠，托洛斯基頻頻嘶鳴，就連躡躡也弓起身子喵喵叫。

「什麼？怎麼了？」蕾貝嘉對晃晃說。

「普利茲，貓頭鷹！」潘妮洛普打著呵欠說：「牠是專門來追捕小雞、小鵝和鴨寶寶的。牠剛飛過月亮，不會有什麼傷害，因為那些小傢伙都關起來了。」

「噢，不，牠們沒有！」蕾貝嘉猛然從門廊跳起來。

「啊，牠來了，牠來了，噓，噓，普利茲，走開。快走開，你這隻壞貓頭鷹！」她大聲叫囂，一把抓起掃帚，衝向那棵柳樹，那裡正發生焦躁不安的騷動。

普利茲像個巨大的黑影，靜悄悄的朝著鵝寶寶飛撲而下。牠大大的張開利爪，準備攫取其中一隻毛茸茸的小傢伙。

蕾貝嘉拼命向前衝，腳步快到幾乎要飛起來了，可是她沒有看見華倫正張開雙翅，勇敢的護衛著自己的寶寶，蕾貝嘉不小心絆到牠，整個人撲跌進水槽裡。不過，就在她跌進水槽的時候，手上揮舞的叟帚不偏不倚的重重打在普利茲身上，牠左右搖晃了一下，便鼓動著翅膀飛上穀倉的屋脊。蕾貝嘉掙扎著從水槽裡爬起來，趕忙撿起地上的掃帚，將所有的小雞、小鴨和小鵝全都趕進穀倉，然後重重關上門。接著便向普利茲揮舞著拳頭大叫：「離這裡遠一點，你這個可惡的老壞蛋！」

普利茲發出「嗚，嗚，嗚！」的叫聲，飛進了果園。

就在那時候，皮克威克奶奶的手電筒像螢火蟲一般，從小徑的另一端照過來。蕾貝嘉、晃晃和躡躡全都跑向她。皮克威克奶奶逐一親吻、安撫過牠們之後，她說：「我的天哪，蕾貝嘉，妳怎麼溼成這樣。發生什麼事了？」蕾貝嘉將所有的事全盤托出，包括她忘了餵食動物，忘了給牠們水喝，忘了擠奶，忘了關好小雞、小鴨、小鵝，還有普利茲差點抓到牠們的事。

皮克威克奶奶說：「幸好一切安然無恙，而普利茲那個老傢伙什麼也沒得手，所以，我們就擦擦眼淚，進屋裡去吧！」

「不行，」蕾貝嘉說：「因為門都鎖住了，我找不到鑰匙。」

「唉呀，我真是太粗心大意了，」皮克威克奶奶說：「我竟然忘記妳在，還鎖上門，所以妳還沒有吃晚餐囉。可憐的孩子。」

蕾貝嘉又哭了起來。「我好冷，而且快餓死了。」她抽抽噎噎的說。

「看來，健忘真是會造成讓人很不舒服的結果，」皮克威克奶奶一邊說，一邊在皮包裡掏鑰匙。「妳趕快上樓去換好睡衣，我來煮熱可可和烤吐司，我想，冰箱裡應該還有一些炸雞，食物櫃裡也還有薑餅。」

那是蕾貝嘉最後一次忘記餵食動物的經驗。當兩個星期後，她要回家時，皮克威克奶奶已經完全信任她，放心的把小豬仔布魯克菲爾德、小鵝戈登、小鴨達利波和兩隻小雞喬琪和薛瑞爾都交給她。

爸爸看見蕾貝嘉的時候真是滿心歡喜，但一瞧見她的新寵物，又不免喃喃發起牢騷，並且重重甩上車門，一進家門，便逕自回到書房，嘴裡叨念著：「這下子別想睡了。」

可是他錯了。因為從那天起，蕾貝嘉將所有的小動物照顧得無微不至，那些動物也表現非常好，以至於皮克威克奶奶常常帶其他總是忘記照顧小動物的小孩來拜訪蕾貝嘉，向她學習該怎麼好好照顧自己的寵物。

第3章
破壞王療方

「誰把割草機搞成這樣？」菲利浦先生從車庫裡大吼。

「親愛的，是你在叫嗎？」菲利浦太太正在菜園裡，為櫻桃蘿蔔清除雜草。

「對，是我，」菲利浦先生說：「是誰把割草機搞成這樣？輪子不見了一個，把手上的螺栓也沒了。還有，車庫的地上到處都是滾珠承軸！」

「唉，親愛的，」菲利浦太太挺起膝蓋，深深的嘆了一口氣。「應該是傑夫，他昨天一直在裡面玩。」

「叫他給我過來。」菲利浦先生震怒。

「沒辦法，」菲利浦太太說：「他今天一整天都和比利・羅賓森在一起。」

「打電話去羅賓森家！」菲利浦先生怒不可遏。「打電話給羅賓森夫婦，請他們把我們家的破壞王送回來。」

「不行耶。」菲利浦太太走進車庫，彎下腰，把地上的滾珠承軸一個個撿進手上的提籃裡。

「別管那些東西了，」菲利浦先生說：「叫傑夫回來自己收拾。我實在受夠了他成天這樣破壞東西，現在從這臺割草機開始，他必須學會把東西恢復原狀。」

「可是親愛的，你覺得他做得到嗎？」菲利浦太太看著散落在車庫地上大約四百多個割草機零件。

「我管他做不做得到，他都要給我恢復原狀！」菲利浦先生的眼中燃起熊熊怒火，「快打電話去羅賓森家！」

「沒有用的，」菲利浦太太說：「今天羅賓森先生帶孩子們到綠河瀑布玩了，他們要在那裡野餐，大概晚上八點才會回來。」

「哼，」菲利浦先生說：「這下倒好了，還野餐！把割草機破壞成這樣，還能去野餐。這就是現代孩子的問題，他們做錯事不但沒有被處罰，還有獎賞。」

「好啦，」菲利浦太太說：「冷靜一點。我又不是為了獎賞傑夫破壞割草機才送他去羅賓森家，事實上，我根本不知道他做了這件事。今天是比利十歲生日，羅賓森先生打電話來邀請，那頓野餐是比利的生日派對。現在，既然你沒辦法割草了，為什麼不乾脆去鞦韆椅上躺一躺，我去倒一杯檸檬水來。」

「好吧，」菲利浦先生說：「反正我也累得沒力氣割草了。既然妳要去廚房，那就順便調一杯沙士冰淇淋蘇打好了。」

「當然沒問題，親愛的，」菲利浦太太說：「需不需要順便來一份香腸三明治啊？」

「也好，」菲利浦先生說，一邊走向鞦韆椅，懶洋洋的癱坐在上面。「記得麵包裡面要多放一點芥末醬，還有，用我昨天帶回來的俄羅斯黑麥麵包來做，別忘了加酸黃瓜。」

「好啦，好啦，親愛的。」菲利浦太太說。

「對了，席碧兒，」菲利浦太太正要走進廚房時，菲利浦先生在她身後大喊：「最好切成兩份，別忘了加生菜和美乃滋啊。」

「知道了，親愛的。」菲利浦太太說。

菲利浦太太真的在三明治裡加了很多芥末醬、生菜、美乃滋和酸黃瓜，她還從冰箱裡拿出沙士和冰淇淋，準備調製成蘇打。她打開櫥櫃拿電動攪拌器時，卻發現櫥櫃裡空無一物，電動攪拌器不見了。

「我有把電動攪拌器借給誰嗎？」菲利浦太太邊想，邊打開每一個櫥櫃的門。然後走到屋後的門廊上，對著癱坐在鞦韆椅上的菲利浦先生大聲說：「親愛的，你記得我曾經把電動攪拌器借給誰嗎？」

「除非妳是今天早上，或是昨天半夜以後借的，」菲利浦先生說：「因為我昨天晚上十一點半還用它打了一杯麥芽巧克力呢。」

「對，我想起來了，」菲利浦太太說：「你連洗都沒洗，就直接把沾滿巧克力糖漿、麥芽牛奶和融化冰淇淋的攪拌器放在滴水架上！」

菲利浦先生疲憊的閉上眼睛。

菲利浦太太又回到屋內，繼續找電動攪拌器。

一個半小時後，她終於放棄了。於是她跑到對街，向哈本太太借。哈本太太說：「席碧兒，我當然可以借妳，可是傑夫剛剛說他把妳的攪拌器修好了，因為他今天早上一直在忙這件事。」

「他在哪裡修？」菲利浦太太問。

「就在我們家的車庫啊，」哈本太太說：「我的天啊。他和丹尼清晨六點多就在外頭搞這件事了。」

菲利浦太太一顆心沉到谷底，她連忙跑到哈本家的車庫，發現工作臺上散落著五十多個零件，正是她剛買的電動攪拌器！

她說：「海瑟，可以跟妳借個紙袋嗎？」

「當然沒問題，」哈本太太說：「天哪，看來妳們家的小傑夫還真是個了不起的機械師呢。真的，我認為他是個天才，他實在拆得太澈底了。」

「他真的拆得很澈底。」菲利浦太太開始收拾桌上的小零件，放進紙袋裡。

「海瑟，謝謝，」她說：「我一用完，一定馬上把攪拌器拿來還妳，還有，拜託妳一件事，無論如何，千萬不要讓它落到傑夫手裡。」

午餐等了那麼久，菲利浦先生已經非常不耐煩了，所以菲利浦太太不敢告訴他攪拌器的事，只是偷偷將紙袋收進廚房的櫃子裡，然後在她的購物清單裡加注：「帶攪拌器，銀行提錢，上街，看看能不能修。」

吃飽喝足又睡了一個飽覺後，菲利浦先生覺得好多了，便決定自己試試看能不能將割草機組裝回去。他一路哼哼唱唱的走到地下室去拿工具。可是不到一分鐘，他便怒氣沖沖的跑進廚房，手上拎著鑽孔器和水平儀零件，一臉鐵青的咆哮。「妳看！」他大叫：「看看妳兒子幹的好事！這是我最好的工具，全被他毀了！」

菲利浦太太說：「別跟我抱怨，我剛剛去拿吸塵器，它已經變成上萬個碎片了，就連地毯清潔器也被拆得亂七八糟，」接著，她打開廚房的櫃子，拿出那個裝攪伴器零件的紙袋，「這是我剛買的電動攪拌器。」說完，她便哭了起來。

菲利浦先生把鑽孔器放在水槽的滴水架上，探了探紙袋裡的零件說：「席碧兒，我要去買一條磨刀皮帶，最大最厚的那種，然後給那個破壞王一頓好打。」

這會兒，菲利浦太太哭得更大聲了。她說：「體罰是野蠻的行為，我不准。」

「好啊，那麼，」菲利浦先生說：「妳自己說，要怎麼處理？」

「我不知道，」菲利浦太太嗚嗚咽咽的說：「我不知道，但一定有比皮帶更好的辦法。」

「皮帶沒有什麼不好！」菲利浦先生說。

「那完全沒有辦法解決問題，」菲利浦太太說：「我要去問問葛蕾塔．洛克斯托，她有八個孩子，一定知道該怎麼辦。」

「隨便妳，」菲利浦先生說：「不過，別等到妳的縫紉機、電熨斗、鬆餅機和烤麵包機都支離破碎了，再哭著來找我。」

「別這樣，」她邊說，邊撥電話給好朋友葛蕾塔．洛克斯托。

她把傑夫的可怕事蹟都告訴葛蕾塔，葛蕾塔只是哈哈大笑的說：「我們家的維奇也有類似的麻煩，他拆了我們家的留聲機和食物調理機，還把零件重新交換、組裝，結果等他組裝完了以後，食物調理機會放音樂，而留聲機則把唱片攪壞了。還有一次，他把割草機的馬達裝在嬰兒車上，結果一啟動，當時才四個月大的依萊塔便連人帶車去了隔壁城市，我們根本完全不知道，直到有個清潔人員打電話來告訴我們，那臺嬰兒車沒有油了，問我們打算怎麼處理。他還是從依萊塔的寶寶手冊上查到我們家的名字和聯絡方式。」

「天哪，這真是我聽過最可怕的故事了，」菲利浦太太說：「那妳怎麼辦？我是說，妳怎麼處罰他？」

「我送他去皮克威克奶奶那裡，」洛克斯托太太說：「她對小孩非常有一套，總是有辦法治好壞毛病。」

「當然、當然，」菲利浦太太嘆了好大一口氣，把桌上的電話簿翻找了好幾頁。「我怎麼會沒想到皮克威克奶奶呢？傑夫以前成天在她家打轉，她還住在那個地方嗎？」

「沒有，」洛克斯托太太說：「她現在有一座自己的農場，就在城外的小泉谷。不過，她的電話號碼還是和電話簿裡登記的一樣。席碧兒，妳為什麼不現在就打電話給她？這樣妳就不會那麼焦慮了。」

「我馬上就打，」菲利浦太太說：「葛蕾塔，實在很感謝妳的協助，我也會和妳分享皮克威克奶奶的建議。」

星期二早上，皮克威克奶奶才剛擠完牛奶，便馬不停蹄的趕回屋裡，做蛋糕和煎小香腸。鍋子裡的香腸才剛開始變焦黃，菲利浦太太家的休旅車便駛進車道。皮克威克奶奶、晃晃和躡躡全都走到屋後的門廊上等傑夫。車還沒完全停妥，他就迫不及待跳下車，跑上屋後的階梯，給了皮克威克奶奶一個大大的擁抱。

「我真的好高興你提早到了，」皮克威克奶奶說：「我正在烤蛋糕，我還剛收到一罐新鮮的蜂蜜呢。」

「哇，太好了，」傑夫說：「再見了，媽。」

「再見什麼，」皮克威克奶奶說：「我也要請你媽媽一起來吃早餐呢。」

「可是我沒有辦法留下來，」菲利浦太太說：「我中午得和打蠟師傅和漂白師傅見面討論事情，我還答應史黛拉・派金豪斯要拿砂鍋給她，還要做自己最拿手的梅乾、麵條和醃漬沙丁魚。」

「呃，」傑夫說：「皮克威克奶奶，我可以吃多少香腸？」

「要說『請問』，」菲利浦太太說：「別那麼沒禮貌。」

「十一根夠嗎？」皮克威克奶奶說：「如果不夠，我再多煎一些。」

「萬歲！」傑夫說。

「好了，再見囉，」菲利浦太太說：「要乖乖聽話，皮克威克奶奶要你做什麼就做什麼，還有，別把她家吃垮了。」

「什麼意思？」傑夫一口氣在嘴裡塞進三根香腸。

「我的意思是，」他的媽媽說：「你應該一次吃一根香腸，而且要用刀子切成一小塊一小塊吃，不是像這全部塞進嘴裡。」

「好啦……」傑夫向她揮手道別。

可是，他媽媽驅車離開以後，他一共吃了十四塊蛋糕、十四條香腸，而且邊吃邊把城裡小孩所發生的事統統告訴皮克威克奶奶。他知道幼童軍和女童軍誰跟誰鬧翻了，也知道幼童軍和男童軍誰升級了。他知道誰和誰吵架，也知道誰和誰為什麼會變成最好的朋友，他甚至清楚記得派西的奶奶從紐奧良來的日子，也記得蘇珊·葛雷在八月七日拆牙套。皮克威克奶奶津津有味的吃著早餐，聽著這些精采的故事，完全忘了要放阿布托絲出來，讓牠去草地上吃草散步。「天哪，」她猛然跳了起來。「七點半了，我還有一堆工作沒做完呢。」

「什麼工作？」傑夫說：「我來幫忙，我可以趕那頭老乳牛。」

他跟著皮克威克奶奶來到穀倉，皮克威克奶奶清理集乳室的時候，他放阿布托絲出來去南邊的草地，拍了拍克萊曼帝斯和小綿羊，餵飽了芬妮，還幫忙照顧小豬仔。他完全樂在其中。

接著，皮克威克奶奶必須回屋裡去訂小牛的飼料，要傑夫自己找事情做、等她回來。於是，他解開托洛斯基轡頭上所有的皮帶，卸下馬鞍旁的馬鐙，拆下皮克威克奶奶那臺老舊推車輪子的釘子，還用小折疊刀的刀刃鬆開芬妮欄舍門上角鍊的所有螺絲。皮克威克奶奶回來的時候，帶了一個小工具箱給他。「這是我的工具箱，我知道你很會修理東西，所以你住在這裡的期間，給你負責保管這些工具，只要有東西壞了，就幫忙修好。」

「哇，天啊，」傑夫說：「我最喜歡修東西了。」

「那太棒了，」皮克威克奶奶說：「我先去撿雞蛋和餵雞，你幫我到處看看，有沒有什麼東西需要修理。」

於是，傑夫提著工具箱，慎重其事的走向水槽，才一眨眼，水龍頭的把手就斷了，這麼一來，再也沒有辦法開關水了。接著，他走向屋後的門廊，拆掉了幫浦，卸下了門鈴，這麼一來，門鈴再也不會響了，他還拆掉了一臺製作乳酪的小型攪乳機，鬆脫了門廊鞦韆椅的所有螺絲帽，最後連工具箱本身都被他拆解得四分五裂，再用鉸鍊組合起來。他坐在太陽下拆解自己的米老鼠手錶時，皮克威克奶奶從穀倉走過來，對他說：「傑夫，你發現了什麼需要修理的東西嗎？」

「有啊，」他說：「水槽的水龍頭很難轉動，我想修好，卻弄斷了把手。」

「真糟糕，」皮克威克奶奶說：「我們得等到星期四去城裡的時候，才能買新的把手。不過，在那之前，你可以用門廊旁的汲水幫浦打水，再提去倒進水槽。水桶就放在長椅上。」

「可是，妳知道嗎？那個……我是說……嗯，」傑夫支支吾吾的說：「我發現幫浦也不太好用，所以就把它拆了，但我不知道自己組不組得回去。」

「啊，天哪，」皮克威克奶奶走過去一探究竟，赫然發現幫浦的零件全都散落在長椅上。「看來，你只好去提泉水了。山泉在屋後的上方，經過柴房，再沿著小徑一直走，就會看到了。現在最好就去提兩桶水來。」

她拿了兩只六公升裝的牛奶桶給傑夫。

傑夫吹著沒有旋律的口哨，從門廊上跳下來，跑過後院。

「嘿，這個好玩，」他喃喃自語。「我敢打賭，泉水那裡一定有大牛蛙，說不定，還有一個很大的水潭可以游泳呢。」

他沿著小徑往前走，那條路非常窄小，而且沿路長滿了黑莓和蕁麻。

「啊，噢！」野莓的蔓藤纏住了他的手臂，在皮膚上刮出了長長的紅色抓痕。他用水桶去敲打那些蔓藤，不小心又被濃密的蕁麻刺到脖子。「天啊，這太可怕了，」才剛開口，又有一隻蚊子停在他的鼻尖上。「為什麼沒有人砍掉路上這些東西啊？」

「因為我們很少走這條路，」皮克威克奶奶在他身後說：「讓我過一下，我用鐮刀幫你開路。我最好把這些東西砍乾淨一些，因為你得來回走好多趟。你也知道，農場裡的動物每天都要喝很多水。」

不斷冒出來的泉水清澈又冰冷，傑夫沒有看見牛蛙，可是要下到湧泉處的小徑又溼又滑，而且蚊子多得要命，傑夫的雙手各提著一桶水，完全沒有辦法揮打那些惱人的蚊子。他忍不住揮了一下，結果水灑出來，濺溼了鞋子。他發現水是全世界最重，最容易灑出來，也最難提的東西，更糟的是，光是托洛斯基，一口氣就能喝光一桶水。

整個漫長又炎熱的下午，傑夫都在那條通往泉水的小徑上蹣跚往返。突然，他腦中浮現出一個點子，呼，有啦。他可以把拖車拴在托洛斯基身上，讓牠來拖水桶。天哪，托洛斯基一次至少可以拖四桶十加侖的水呢。對牠來說，一定輕而易舉。

於是，第二天一整個早上，他都在想辦法組裝那些被他拆得四分五裂的馬具，他不停的開開扣扣了一個小時，卻怎麼都無法組裝回去。他心生一念，「乾脆我自己來拉車。我雖然拖不了裝滿水的牛奶桶，但至少可以一次拖四個水桶。」

他使勁將拖車拉過穀倉的空地，經過屋子，再拉上那條通往泉水的小徑。這真的是一件非常非常困難的工作。當他費了九牛二虎之力，終於把拖車拉到湧泉口的時候，整個人已經累癱了，而且熱到必須趕快潑水洗臉。等他緩和氣息後，便將四個水桶都裝滿，搬到拖車上，開始往回走。拖著放了四個裝滿水的桶子的拖車，就算對一個高大健壯的九歲男孩來說，也是一件難以勝任的工作。

「這條路真是太糟糕了，」傑夫不斷喃喃自語，他一路上又拖又推又顛的，快要受不了。「到皮克威克奶奶的院子以後，就會容易多了。」

他好不容易回到皮克威克奶奶的院子，拖車左邊的輪子卻脫落了，拖車整個翻了過去，桶子裡的水也都灑了一地。傑夫氣得用力猛踢拖車的輪子，但這個舉動真是錯得離譜，因為他腳上穿的是網球鞋。「噢，」他發出尖叫：「嗚，我的腳趾頭斷了，救我，快救我，我快痛死了。」

「怎麼啦？怎麼啦？」皮克威克奶奶問。她正坐在門廊上剝花生殼，準備做花生糖。

「我的腳趾，」傑夫哀號，「被我踢斷了。」

「快來門廊這裡，讓我瞧瞧。」皮克威克奶奶說。

傑夫的腳趾的確又紅又腫，皮克威克奶奶扭了扭，還好骨頭沒斷。她要傑夫躺在吊床上，然後為他拿來六大塊新鮮的薑餅和一杯檸檬水來止痛。他馬上就說自己好多了。皮克威克奶奶一剝完花生殼，便打電話給拉森先生，問他有沒有不用的水龍頭，或過來一趟，幫她修理幫浦。拉森先生說隨後就到。

皮克威克奶奶和拉森先生在穀倉碰面，低聲和他說了好一會兒話，接著他走到傑夫身邊，將他從吊床抱起來，一路抱到水槽邊才將他放下來，要他用沒有受傷的腳站穩。他對傑夫說：「好吧，孩子，我來教你該怎麼做，你還是得自己修好這個水龍頭。你既然有足夠的力量把它拆了，就該要有足夠的智慧將它恢復原狀。來吧，首先，用這個扳手……」

傑夫修好水龍頭，將水槽注滿水，然後，拉森先生又把他抱到門廊，讓他坐在幫浦旁邊的長椅上。「呃，孩子，」他說：「你現在得學怎麼修理幫浦。」

他教會傑夫如何修理幫浦後，拉森先生便回家擠牛奶了。他說：「沒問題了，皮克威克奶奶，我想妳不需要我了，這個小工人相當會使用工具。」

「謝謝你，拉森先生，」傑夫邊說，邊抓著腳上被蚊子叮咬一大包腫塊。「真的很謝謝你教我怎麼修理水龍頭和幫浦。」

「不必客氣，傑夫，」拉森先生說：「改天你再過來，幫我修牽引機。」

「等我腳趾頭好了就去，」傑夫說：「我會騎托洛斯基過去。」

才剛說完，他就馬上想起被自己拆得亂七八糟的轡頭，便紅著臉說：「呃，皮克威克奶奶，請問有沒有組裝轡頭的說明書？因為我要把它重新組裝回去。」

皮克威克奶奶哈哈大笑起來，她說：「我就知道，傑夫，可是我沒有說明書。不過沒關係，吃過晚餐後，我會把轡頭拿來這裡，教你該怎麼組裝。」

皮克威克奶奶擠牛奶時，傑夫一跛一跛的走上階梯，坐下來，將工具箱恢復原狀。他將工具整齊的排列在工具箱裡，心裡也覺得好過多了。接著，他想起了攪乳器，想辦法把它修好了。皮克威克奶奶叫喚他吃晚餐的時候，他正忙著修理門鈴。晚餐過後，皮克威克奶奶教他如何組裝馬的轡頭，然後讓他泡泡腳趾，再送他上床睡覺。

他累壞了。他床上的涼爽白色床單和藍白交織的拼布被，看起來彷彿都在安撫他，遺忘自己疼痛的腳趾，邀請他從地毯高高躍起，跳進半空中似的。他真的縱身跳起，只是重重一摔後，他竟然就卡在彈簧和床墊之間。

「怎麼啦？受傷了嗎？」皮克威克奶奶幫他鑽出來。

「還好，」傑夫羞怯的說：「只是，呃，我忘了自己今天早上鬆開了床的螺絲。我只是想試試折疊刀裡的螺絲起子，看看它好不好用。」

「嗯，好用嗎？」皮克威克奶奶呵呵笑了起來。

「應該還不賴吧。」傑夫說。

「好啦，」皮克威克奶奶說：「不管你的腳痛不痛，你現在都得幫我把床墊搬起來，把床組裝回去。工具呢？」

「在這裡。」傑夫一跛一跛的走到窗邊的椅子上拿工具箱。

於是，他們合力把床組裝好，皮克威克奶奶將整組床具全部換新，送傑夫上床睡覺。一整晚，他都夢見自己被困在沒有水的滾燙沙漠中，四周圍繞著刺長如匕首的黑莓蔓藤。第二天，他絕大部分的時間都躺在吊床裡和泡腳趾。

不過，再隔天，他就好多了，早餐前，他就修好了拖車的輪子，並且拴緊了割草機的所有螺絲。早餐後，趁著皮克威克奶奶處理日常家務的時候，他修補了籬笆上的破口，將鬆脫的階梯踏板釘牢，固定好餐桌椅搖搖晃晃的腳，並且修好紗門上的門把。午餐過後，皮克威克奶奶去拉森先生家，拿奶油麵包、泡菜食譜。她問傑夫要不要一起去，但是傑夫說腳趾還有一點痛，不適合走那麼遠的路。皮克威克奶奶要他乖乖躺在吊床裡，看本書，她很快就回來。

皮克威克奶奶離開後，原本躺在吊床裡看席爾斯百貨公司目錄的傑夫，便溜下來，和晃晃走過車道、一起玩球。只要他丟球出去，晃晃就會跑去把球咬回來。接著，他拿石頭丟烏鴉，整群烏鴉四散紛飛，大聲叫嚷著：「嘎，嘎，嘎，聰明吧。」然後，他又用玻璃罐捉住一隻蜜蜂，再一路閒晃向穀倉。他可以清楚聽見穀倉院子裡傳來芬妮沉重的打呼聲。他一跛一跛的走到芬妮的欄舍，看著牠。「喂，芬妮，妳這個傢伙，」他說：「又胖又髒又會打呼。」

芬妮睜開小小的眼睛瞅著他。「呼嚕。」牠叫了一聲，然後又開始打呼了。

傑夫說：「整天躺在那裡打呼，為什麼不醒一醒。」

「呼嚕。」芬妮繼續打呼。十三隻小豬仔全都擠到傑夫前面的欄舍角落，希望傑夫能給牠們一些好吃的東西。

「想不想離開那個又胖又醜的媽咪啊？」他問小豬仔。

「咿咿。」牠們異口同聲的尖叫。

於是，他打開門走進萊斯特的欄舍，小豬仔頓時便衝了出去，開始在乾草堆裡到處嗅聞，希望能找到剩餘的麥穗或沒被發現的碎屑。傑夫看著牠們好一會兒，等到看累了以後，便走回芬妮的欄舍邊看牠。牠還在打呼。不知道為什麼，這個聲音激怒了傑夫。「這隻老母豬的打呼聲讓我不舒服，」他對晃晃說：「我們叫醒牠，讓牠出來動一動吧！」

晃晃只顧著在萊斯特欄舍的隔板間嗅聞小豬仔的氣味，完全沒有理他。

「有啦，我有個好點子。」說完，傑夫一跛一跛的走到那棵柳樹旁，折下一根柳條，然後拿著它走回芬妮的欄舍，開始對牠搔癢。用那根柳條來搔癢真是再適合不過了，夠長，也夠柔軟，柳條的末端還有幾片小葉子。剛開始，早就習慣蒼蠅和蟲子飛來飛去的芬妮完全不為所動，還是繼續打呼，只是偶爾會把自己肥肥的短腿和蹄，伸直向前。

接著，傑夫開始用柳條搔牠的口鼻，牠噴了幾聲鼻息，傑夫繼續搔。終於，芬妮睜開一隻小眼睛，傑夫還是不死心，接著，芬妮猛然站了起來，發出一聲怒吼，衝向傑夫，整個欄舍頓時晃動起來，傑夫卻哈哈大笑，持續用柳條騷擾牠。芬妮又向他衝了過去，然而這一次，牠把欄舍的門整個撞開，因為那扇門的鉸鏈在傑夫來的第一天就被他鬆開了。鉸鏈脫落，門飛了出去，芬妮也自由了。

傑夫差點昏了過去。「快跑啊，晃晃，芬妮出來了！」他一邊大叫，一邊向穀倉的門狂奔而去。豬是一種有趣的動物，雖然長得又大又胖，一副呆頭呆腦，骯髒邋遢的模樣，奔跑起來卻像閃電般迅速。尤其是一頭被激怒的母豬。傑夫用柳條搔芬妮的口鼻時靠得很近，傑夫的腿只差五公分就會被芬妮銳利的牙齒咬到。傑夫奮力一跳，離地有一百多公分，伸手攀住了一根樹枝，再用力把腳晃到手攀附的樹枝夾緊，用膝蓋頂住撐著。雖然很不舒服，但至少他安全了。芬妮在他的下方不斷用身體來回刮擦柳樹的樹幹，並且頻頻發出嗥叫。

逃到屋後門廊的晃晃也安全了，牠不停的狂吠。傑夫的手有點痛，他試著用一隻手攀著樹枝，卻讓他覺得更痛。他想用膝蓋頂著，讓自己翻到樹枝的上緣，這樣他就不必整個人倒掛著。他努力搖擺自己的身體，但夾在他膝蓋下面的樹枝開始發出心驚膽戰的喀喀聲響。天哪，好難受！他臉漲得像消防車一樣紅，原本疼痛的腳趾也更痛了。

「皮克威克奶奶在哪裡？」他說。接著，他開始放聲大叫：「救命啊！救命啊！救命啊！皮克威克奶奶，快救救我！」

潘妮洛普從他的頭頂上方說：「噢，天哪，安靜。你吵到大家了。」

「可是我倒掛著，」傑夫哀號，「救命啊！救命啊！快救救我！」他又大叫起來。

「你這傢伙到底是怎麼回事？如果你不喜歡這樣倒吊，鬆手離開這棵樹不就得了？」潘妮洛普說。

「可是芬妮在下面，牠要咬我。」傑夫開始放聲大哭。

「咦，牠怎麼會跑出來？」潘妮洛普問：「牠應該待在自己欄舍裡啊。」

「牠本來待在裡面啊，」傑夫說：「可是我完全忘記，我剛來的第一天就把欄舍門的鉸鏈都鬆開了。我捉弄牠，牠生氣了，就一頭撞開門，差點咬到我。」

「唉，誰叫你這麼頑皮，我一點都不同情你，」潘妮洛普說：「不過我也不喜歡芬妮，所以我會幫你。趁我把芬妮追進穀倉的時候，你趕快從樹上下來，關好門，我再從閣樓的窗子飛出來。」

「妳要怎麼追芬妮？」傑夫問。

「等著看吧。」潘妮洛普說。

柳樹上方，突然發出一陣啪搭啪搭鼓動翅膀的聲音，接著有個東西像炸彈似「砰」一聲落在地上。接著，出現了幾乎和皮克威克奶奶一模一樣的聲音。「芬妮，離開那裡，快過來，回到妳的欄舍裡。快點，芬妮，晚餐，芬妮，我帶了好吃的晚餐給妳。快點，芬妮。」

芬妮搖搖擺擺的走進穀倉。傑夫閃電般的從樹上跳下來，然後用力推穀倉的門，緊緊關上。當他關上門栓的時候，還可以聽見裡面傳來潘妮洛普的聲音。「好女孩，芬妮，晚餐就快好囉。」

接著，潘妮洛普便從閣樓的窗子大喊：「你這個傻瓜，還不趕快回去屋裡拿工具箱和那桶餿水。我盡可能讓牠保持冷靜，你把餿水倒進飼料槽裡，然後趁牠吃東西的時候，把門的鉸鏈鎖好。去，傻小子，還不快行動。」

傑夫馬上行動。他戰戰兢兢的走進穀倉，但是潘妮洛普提醒他，要是稍有差錯，芬妮又開始追他的話，記得往閣樓上跑。「只要稍微有一點大腦的人，都會第一個想到那個地方。」牠說。

傑夫也這麼想，覺得很丟臉，因為自己顯然很笨。於是，他提著餿水，把工具箱夾在腋下，勉強擠進穀倉的門縫，躡手躡腳走向芬妮的欄舍。他可以清楚聽見潘妮洛普不停的說：「安靜喲，乖女孩，晚餐就快來了，晚餐就快來了。」

傑夫把那桶水一倒進芬妮的飼料槽，牠便飛也似的衝過來，將整個頭埋了進去。「現在，」潘妮洛普說：「快點，門。立起來，鎖好鉸鏈。」

傑夫的雙手顫抖得非常厲害，螺絲不斷的從孔洞滑掉，不過，最後他還是把鉸鏈鎖緊了。他神情緊張的撇了一眼芬妮的飼料槽，幾乎快要空了，他趕緊動手修另一扇門。就在修好門的那一刻，芬妮也剛好轉過頭來，對著他「咕嚕」的大叫一聲，然後一步步向他走來。傑夫緊抓著工具箱，頭也不回的火速跑上通往閣樓的梯子。

「別擔心，傻小子，欄舍的門已經關好了。」潘妮洛普大喊著。她從自己坐鎮指揮的橫樑上飛下，搖頭擺尾的走向傑夫。

「來吧，傻小子，既然你都已經拿出工具箱了，就順便修一修我籠子的門吧。它沒有辦法完全打開，也沒辦法完全關上。」

稍晚，皮克威克奶奶回到家時，傑夫已經修好潘妮洛普的籠子了，也把門廊上的鞦韆椅鎖緊了。他把芬妮跑出來，而潘妮洛普如何救他一命的事，都鉅細靡遺的告訴皮克威克奶奶。她說：「潘妮洛普，妳真是個乖女孩，我為妳感到驕傲，來，給妳一些葵花子。」

「真好吃，」潘妮洛普吃了一顆，然後說：「看來，我今天下午要飛下去，好好謝謝芬妮。」

「啊，對了，傑夫，」皮克威克奶奶說：「尼爾斯傍晚要用牽引機，他要我轉告，請你晚餐過後，帶工具箱過去。」

「耶，」傑夫說：「我一直想學怎麼修理牽引機。」

這便是傑夫．菲利浦學會工具是用來修理東西，而非拆毀東西的經過。

現在，如果你走過傑夫住的那條街，就會看見一個很大的招牌，上面寫著：傑夫和維奇的維修店——我們無所不修！

他們生意興隆。昨天把派西那個大娃娃的眼珠子裝回去，接好迪克．湯普森腳踏車斷掉的鏈條，修好哈波太太的吸塵器，甚至還幫菲利浦先生清理了車子的推進器。

他們不修東西的時候就在做東西，他們第一樣做好的是——晃晃的美麗狗屋，他們上星期天把狗屋送到皮克威克奶奶的農場，皮克威克奶奶高興極了，晃晃也興奮的一直舔傑夫的耳朵、咬維奇的鞋帶。

當他們在農場裡玩耍的時候，傑夫發現水槽有些地方鏽蝕了。於是他們動手做了一個更大、更新的。皮克威克奶奶非常開心，連潘妮洛普都說：「幸好我救了你一命。你真好！」

第4章
膽小療方

「嗚，不要關燈，媽，拜託，別關，妳知道我很怕黑！」菲比．傑克斯托哀號。

「我當然要關燈，」傑克斯托太太說：「眼睛被燈照著，會害妳睡不好。」

「不會啦，」菲比說：「如果燈全部關掉，我才會睡不好，我會覺得五斗櫃是大猩猩，窗簾變成邪惡的巫婆，檯燈是可怕的壞

精靈。」

「喂，菲比，別胡說八道了，」媽媽說完，便「啪」一聲關掉燈。「妳看，五斗櫃還是五斗櫃，窗簾只是被夏天微風吹動的窗簾，至於檯燈嘛，如果說它看起來像某個東西，那麼，我倒覺得像是穿著蓬蓬裙的小淑女。」

菲比嘆了口氣說：「好吧，那不要關門。」

「好啦，」媽媽說：「我會留一道小縫，但妳不許溜下來坐在樓梯上偷聽。」

「我只有害怕的時候才會這麼做。」菲比說。

「噢，菲比」媽媽說：「有三個男生睡在隔壁房間，妳有什麼好怕的呢？」

「男生？」菲比說：「他們根本一點用也沒有。他們只會捉弄我。昨天晚上，傑洛米躲在我房間的門後面，突然跳出來，我嚇得把紫丁香爽身粉灑了一地。還有那個老洽奇，躲在我的床底下，偷偷捏我的腿，喬吉更可惡，他爬上屋頂，然後從天窗探出頭嚇我。」

「要不是妳那麼膽小，根本沒有人會捉弄妳，」傑克斯托太太說：「來，跟我親親說晚安，然後趕快睡覺。」

菲比親了親媽媽，卻沒有馬上睡著。她像根冰柱般動也不動的躺在床上，睜著圓滾滾的恐懼雙眼，環顧漆黑的房間。她忘了關上衣櫥的門，她覺得自己彷彿看見有隻瘦巴巴、指甲長而捲曲的手，從裡面伸了出來。是她在胡思亂想嗎？唉，不，又來了。

她趕緊拉起毛毯蒙住頭。雖然毛毯裡又悶又熱，但至少巫婆要透過毛毯才能掐住她。

接著，窗戶傳來尖銳刺耳的刮擦聲，一定是強盜正在割開紗窗要闖進來！而她的金色珠珠手鍊和手錶，正好擺在五斗櫃最顯眼的地方。突然，窗外傳來一陣令人毛骨悚然的聲音——一種夾雜呻吟和死亡哀號的呼救聲。菲比嚇得馬上掀開毛毯，跑出房間，直奔下樓，衝進正在和鄰居墨菲夫婦打橋牌的父母懷中。「救我！快救我！」菲比大叫：「我的房間裡到處都是強盜，其中一個還在窗外被殺了。」

「韓德森，陪她上樓去看看，」傑克斯托太太說：「妳真是個傻丫頭。」

於是，傑克斯托先生牽起菲比冰冷的小手，帶著她上樓，走進強盜的巢穴，並且打開她的床頭燈說：「呃，膽小的丫頭，告訴爸爸強盜、殺人犯和巫婆在哪裡啊？」

「那裡，剛剛出現一隻留著長指甲的瘦巴巴手臂。」菲比指著衣櫥說。

傑克斯托先生走過去，將衣櫥的門大大打開，把所有的衣架推到一邊，說：「什麼也沒有啊。妳確定自己看到的不是睡袍的袖子嗎？它是白色的，而且還勾到了一個鞋袋。不信的話，妳自己來看清楚。」

「嗯，可能是吧，」菲比有氣無力的呵呵笑了兩聲。「可是，把我的紗窗割開的強盜，還有那些可怕的聲音呢？」

傑克斯托到窗邊仔細檢查了紗窗說：「紗窗像新的一樣，只是窗邊有一根玫瑰的枝條。我想那應該是風吹動枝葉刮擦紗窗所發出來的聲音。呃，還有什麼可怕的東西嗎，小丫頭？」

「那個可怕的聲音，」菲比說：「那個既像呻吟、嚎叫、尖叫、咆哮、嘶吼，又像死亡哀號的聲音。」

「這麼多種不同聲音的結合，」傑克斯托先生說：「顯然是一種獨創的聲音。呃，說說看，是從哪裡傳來的呢？」

「就在我的窗戶外面，」菲比說：「嗚，爸，那個聲音真的好可怕，我的血液都凍結凝固了。」

「妳是說，」傑克斯托先生說：「凍結凝固得像……燕麥粥那樣嗎？」

「喂，爸，」菲比說：「你在跟我開玩笑嗎？」

「正好相反，」爸爸說：「我只是想幫妳釐清事實，妳要知道，妳老爸可是律師呢。」

「好啦，」菲比說：「那你說，到底是什麼聲音？」

「我不知道，」爸爸探頭到窗外看了看。「除了妳該停進車庫的腳踏車，沒有什麼奇怪的東西啊。可能它也怕黑，所以才在外面哭，要妳讓它進來。」

「爸，」菲比說：「別耍寶了。除非腳踏車有喇叭，不然根本不會發出聲音。也許那隻瘦巴巴的手和割紗窗的強盜都是我想像的，但那個可怕的聲音絕對不是，那是一種夾雜著呻吟、嚎叫、尖叫和哀嚎的聲音。真的好恐怖。」

「不過，」爸爸說：「窗外真的看不到任何可能發出那種聲音的東西，如果可以讓妳安心，那我就下樓到外頭，幫妳到處看看。妳也可以自己到窗邊來，我會在衣服的鈕扣孔上插一朵白花，妳就可以從那群在我們家四周徘徊不去的殺人凶手和強盜中間認出我來了。」

於是，菲比顫抖的跪在窗邊，看著鈕扣孔上插了一朵山茶花的爸爸，在每一叢灌木和每一棵樹的前後繞來繞去，又在街上來來回回走了幾趟，還貼著墨菲家的車窗檢查車子裡面。「好啦，寶貝，」他對菲比大喊：「馬上回床上睡覺，那些哀號鬼叫的東西統統回家裡去了。」

所以，菲比只好乖乖回到床上，關掉燈。但就在她快要睡著的時候，「嗚嗚嗚嗚，嗚——啊嗚——咿——咿咿，噢呼——」可怕的聲音又出現了。菲比像顆子彈似的從床上彈起來，三、兩並步，跳進爸爸的臂彎裡。

「爸，那個聲音又來了，」她哀號。「你聽，好可怕的聲音！」

他們仔細聽了一會兒，的確有一種夾雜著呻吟、悲鳴、尖叫、咆哮、嘶吼和死亡哀號的奇怪聲音。

傑克斯托先生把菲比放下來，邁步走過去，一把拉開大門，然後哈哈大笑說：「大家都過來吧，罪魁禍首在這裡。」

他們全都跑了過來，看見一隻紅白斑點狗，正在月光下對著月亮嚎叫。「那是維斯奇家的獵犬，」墨菲太太說：「他們去旅行了，託我照顧一陣子。我想牠可能是太孤單了，才會一路跟著我們來這。進來吧，啵啵，快進來。」

那隻獵犬轉過身，一臉歉意的看著墨菲太太，然後又別過頭去，發出一聲最悲傷、最痛苦和最令人心碎的哀號。接著便踩踏著神聖又莊嚴的腳步走過去，趴在墨菲家的車子下面。

「難怪我剛才看了半天沒發現你，」傑克斯托先生說：「好啦，老傢伙，你就乖乖趴在車子底下吧，拜託別再唱歌了。菲比受不了你的歌聲。」

「汪，汪，汪！」啵啵叫完，便把頭枕在自己的爪子上。

傑克斯托先生給了菲比一個大大的擁抱，對她說：「現在，所有的殺人凶手、強盜和巫婆都逮到了，妳可以自己上床睡覺了嗎？」

「好，」菲比不好意思的笑一笑。「可是我肚子好餓，我可以來一杯牛奶和花生醬三明治嗎？」

「當然可以，」媽媽說：「拿去樓上吃吧。快去。」

於是，菲比便火速上樓，吃完三明治，喝完牛奶後，就乖乖躺在床上睡覺，直到傑洛米、恰奇和喬吉為了爭奪棒球手套而吵架的時候才醒來。

早餐時，喬吉說：「我說菲比啊，昨天晚上妳房間傳來那些亂七八糟的聲音到底是什麼啊？我從來沒有聽過那麼多奇怪的聲音。又是吼，又是尖叫，又是嗥叫。到底發生了什麼事？妳看見自己的影子嗎？」

「我什麼也沒聽見，」傑洛米說：「到底是什麼？熊嗎？」

才三歲的恰吉說：「啥，熊不會跑到屋子裡面，熊喜歡在樹林裡，爸，對不對？」

菲比說：「再也沒有任何東西，比聽自己三個兄弟的幼稚鬼扯更讓我反胃了，媽，如果我吃不下麥片粥，妳不會怪我吧？」

「不，我不會怪妳，」媽媽說：「尤其今天是小伊慶生會的日子，妳肯定會在胃裡塞滿糖果和冰淇淋。」

「噢，小伊的慶生會！」菲比的眼睛突然為之一亮。「我差點把這件事忘得一乾二淨。媽，我可以穿那件粉紅色的新洋裝嗎？」

「當然可以呀。」媽媽說。

「哇，媽咪，那我可以穿那件藍色的絲綢襯衫嗎？」喬吉語帶嘲諷的說：「這樣一來，就算我是全國最膽小的膽小貓，看起來也會比較漂亮。」

「喬吉，吃你的玉米脆片，不要嘲笑你妹妹，」傑克斯托太太說：「韓德森，你還要炒蛋嗎？」

「不用了，謝謝妳，親愛的，」傑克斯托先生的雙眼緊盯著早報上的壞消息。「可是我想要再來點咖啡。」

「咖啡壺就在你手邊啊，」傑克斯托太太說：「你只要把眼睛稍微從報紙上移開一下下，就會看到了。」

「我看到了啊。」傑克斯托先生說什麼就是不肯把眼睛從報紙上移開，便一邊說，一邊用手摸索著糖罐。喬吉把糖罐遞給爸爸，然後滿心歡喜的看著爸爸在喬吉的可可裡加了四湯匙的糖，接著用力攪拌著他自己的那杯黑咖啡，然後拿起奶精壺，啜飲了一口。

他馬上氣急敗壞的放下手中的報紙，想看看到底是怎麼回事。傑克斯托太太逮著機會說：「親愛的，我今天要用車。」

「抱歉，」傑克斯托先生說：「但我也要用。我要開車去格林貝爾拜訪證人。」

「唉，」傑克斯托太太說：「好吧，那菲比就只好自己搭公車去參加小伊的慶生會了。」

「公車！」菲比哀號。「媽，我不能搭公車去，因為我根本不會。」

「不會是什麼意思？」喬吉說：「妳又不必開公車，只要乖乖坐在上面就好了。」

「閉嘴啦，」菲比說：「媽，拜託，我不要搭公車去小伊家，我不知道要在哪一站下車。」

「小傻瓜，跟司機說就好啦，」傑洛米說：「我去參加幼童軍團的時候都這麼做，只要跟他說『司機先生，我要在尼克森街下車』，他就會讓我下。」

「噢，可是那不一樣，」菲比說：「你每個星期三都會去那裡。況且，小伊家比黑莓公園還要遠。」

「那又怎樣，」傑洛米說：「媽會告訴妳該搭哪一班公車、小伊家在哪一站，妳只要跟司機說就好了。」

「不行，」菲比說：「我沒有辦法。要是司機忘記了，我一路搭到總站怎麼辦？」

「那就再搭回來去小伊家啊。」傑洛米很理智的說。

「不管，我不要，」菲比站起來，氣呼呼的把餐巾丟在椅子上。「我不敢搭公車。我不管！」她用力跺著腳走出餐廳。

傑克斯托先生這才放下手中的報紙說：「怎麼回事？誰不敢搭公車？菲比呢？」

「哈，那個膽小貓已經上樓回房間哀號了。」喬吉說。

「天哪，老爸，她竟然不敢搭公車，」傑洛米說：「我在她那個年紀的時候，早就自己搭公車去幼童軍團了。」

「我搭過一次公車，」恰奇說：「莎拉帶我去市場。」

傑克斯托太太說：「韓德森，你真的非用車不可嗎？」

「非用不可，」傑克斯托先生說：「如果妳需要我在格林貝爾買什麼東西，我可以順道帶。我應該四點左右會回來。」

「我什麼也不需要，」傑克斯托太太說：「我只是必須開車載菲比去參加小伊的慶生會。」

「讓她自己搭公車去吧！」顯然，傑克斯托先生完全沒有聽見剛剛爭吵的內容。

「可是爸，問題就在這裡，」傑洛米說：「她不敢搭公車。」

傑克斯托先生啜飲了一口咖啡，用餐巾擦了擦嘴，然後站起來，說：「親愛的，我相信這種小事妳一定能應付。再見囉，男孩們，菲比起床後，記得幫我跟她說再見。」

「可是爸，她早就起床了。」恰奇說。

「好啦，兒子們，再見囉。」傑克斯托先生說。接著，前門重重的關上後，他便離開了。

傑洛米說：「媽，我想問一件很重要的事。我可以養狗嗎？」

「什麼樣的狗？」傑克斯托太太問。

「一隻沒人要的黑狗，」傑洛米說：「但是他很可愛，還可以當很聰明的看門狗。」

「那隻狗在哪裡？」媽媽問：「寵物店嗎？」

「其實，」傑洛米說：「牠就在我們家廚房外面，哈吉特那家人搬走了，沒有把牠帶走。妳想看看牠嗎？」

「當然囉，」傑克斯托太太說：「帶牠進來吧。」

於是，傑洛米走出廚房，帶了一隻有大丹狗血統的超級大黑狗進來。「牠叫乖乖，」他把那隻狗推到媽媽面前。「我和莎拉給牠取名叫乖乖，因為牠真的很乖。媽，妳叫牠握手。」

傑克斯托太太說：「乖乖，握手！」乖乖馬上抬起巨大的黑色腳掌。她和乖乖握了握手，乖乖也微笑的看著她。她說：「傑洛米，這隻狗還滿可愛的，你確定牠的主人不要牠了嗎？」

「我們確認過了，」莎拉端著熱咖啡從廚房走進餐廳。「流浪狗協會的人昨天來過，告訴我這隻狗的事。所以我就向對方提議，我們可以養牠一陣子，協會的人也很樂意交給我們照顧。但是沒有人知道牠叫什麼名字，所以我和傑洛米就決定叫牠乖乖。」

喬吉說：「傑洛米，牠也是我的狗，對不對？」

「是我們所有人的，」傑洛米說：「牠是我們家的狗，我要幫牠蓋一間狗屋。」

「那真是個好主意，」傑克斯托太太說：「你爸回來後可以幫忙。」

就在那時候，菲比走進餐廳，她打算告訴媽媽，如果要搭公車去參加小伊的慶生會，那她寧可待在家裡。不過，她才剛開口說了「媽，我決定……」便看到了乖乖。她發出一聲尖叫，然後火速跳到椅子上大叫：「把牠帶走！快把那隻怪獸帶走！」

「菲比，親愛的，這是我們家剛領養的狗，」傑克斯托太太說：「牠叫乖乖。來，乖乖，跟菲比握手。」

乖乖踩著穩重的腳步走向菲比，抬起前腳。

菲比蹲縮在椅子上，發出尖銳刺耳的叫聲，「把牠帶走。牠很可怕，牠要咬我！」

「唉，天哪，真是蠢蛋一個，」傑洛米說：「過來，乖乖，好孩子，待在我身邊，別靠近那隻膽小貓。」

「媽——」菲比哀號。「妳都不管嗎？妳真的要讓那隻兇猛的大怪獸待在這裡？」

「沒錯，」媽媽說：「妳真是的。現在給我從椅子上下來，上樓去整理自己的房間。」

「先把那隻狗帶出去！」菲比尖叫。

「喂，媽，」傑洛米說：「她太誇張了吧。來，乖乖，好孩子，我們去外面玩。」

當乖乖和男孩們一起走到屋外，關上門後，菲比才從餐桌椅上下來，上樓去，把自己鎖在房間裡。她不肯出來吃午餐，甚至連晚餐也不肯吃。她只是不停的啜泣大叫：「除非你們把那隻狗帶走，否則我絕對不出來。」

傑克斯托太太、傑克斯托先生和莎拉都勸過她了，但一點用也沒有。最後，傑克斯托太太只好打電話給她的好朋友梅蘭寇利太太，對她說：「貝絲，老實說，我真是沒有辦法了。菲比什麼都怕，她怕老鼠、蟲子、狗、貓，怕搭公車、怕坐鞦韆、怕黑、怕光、怕山怕水，什麼都怕。妳們家雪莉會這樣子嗎？」

「雪莉不會，但凱西會，」梅蘭寇利太太說：「凱西很怕娃娃，她說娃娃可能會活過來傷害她。她也很怕上床睡覺，因為她怕自己會一睡不醒。不過，自從我把她送到皮克威克奶奶那裡後，就好啦。上個星期，她還剛贏得跳水獎牌呢。妳為什麼不打電話給皮克威克奶奶呢？」

「好，」傑克斯托太太說：「我馬上打。不曉得為什麼，我竟然一直都沒有想到她。貝絲，實在太感謝妳了。還有，麻煩幫我轉告凱西，我真的非常以她為榮，改天要去看看她的獎牌。」

「所以囉，」那天傍晚，皮克威克奶奶擠完牛奶後，她對所有的動物說：「你們都曉得啦，菲比是個非常膽小的孩子，她在這裡的期間，我希望你們都要盡可能的溫柔、乖巧，尤其是妳，芬妮，」她的手伸過飼料槽，遞了一根玉米進欄舍，「快起來，仔細聽好。」

「咿，哦——」芬妮努力舉起自己的腳用力一踹，頓時三隻小豬便被踹飛到角落，尖叫著疊在一起。

「我是認真的哦，」皮克威克奶奶說：「芬妮，要是妳一直咿咿叫嚇她，我就減少妳的食物、木屑和熱水。」

芬妮氣呼呼的伸出下唇，閉上眼睛，悶著頭在飼料槽裡到處搜索，希望能找到一些被遺落的食物碎屑和凝結的奶漬。但牠唯一的收穫僅有鼻尖上的一小片碎屑，以及剛剛被牠一腳踹到角落的小豬仔阿謬，回過來在牠的腿上咬了一口。牠心灰意冷，喃喃叨念了幾聲要來訪的那個無聊孩子，然後便趴下來繼續睡覺。

皮克威克奶奶檢查了欄舍的門栓，然後和躡躡還有晃晃一起走回屋裡去。可是，走到柳樹下的時候，頭頂上方卻傳來潘妮洛普淒厲的尖叫聲。皮克威克奶奶嚇得連手上的雞蛋籃都掉在地上，打破了五顆雞蛋。晃晃也嚇到猛然咬住躡躡的尾巴，害躡躡嚇得抓了皮克威克奶奶一把。

「呵，呵，呵，嚇到你們了吧！」鸚鵡潘妮洛普哈哈大笑。

「妳當然嚇到我們了，」皮克威克奶奶說：「可是我覺得一點都不好玩，害我打破了五個雞蛋。」

「雞還會再生啦，」潘妮洛普說：「那些笨母雞什麼也不會，只會生蛋。整天咕咕叫，然後生蛋，就是那些母雞的用處啊。牠們甚至連話都不會說。」

「那是牠們特別的恩賜，」皮克威克奶奶生氣的說：「我告訴妳，潘妮洛普，菲比要來這裡住一陣子，她非常膽小，所以，她住在這裡的時候，我不准妳玩這嚇人的把戲，像今天晚上這種事不准再發生。我也不准妳學雞啼，不准學普利茲嗚嗚叫，或是學老鷹叫。我要妳幫助菲比克服膽小貓的毛病。」

「我不知道為什麼要用『膽小貓』來形容膽小的人，」潘妮洛普說：「我對貓不是那麼了解，但我敢肯定牠們一點都不膽小。」

「喵——」躡躡也深表贊同。

「我也不知道這個典故是從哪裡來，」皮克威克奶奶說：「可是，這種說法已經流傳很久了。我們趕快去吃晚餐吧，菲比明天一大早就會到，我必須把一切都打理好才行。」

第二天，菲比真是怕到了最高點。她怕媽媽開車，怕爸爸不知道路，怕自己漏帶了東西，還怕皮克威克奶奶不是真的要讓她住在那裡。當他們的車開到農舍前面時，晃晃正靜靜的趴在門廊上，躡躡蜷縮著身子窩在鞦韆椅上，潘妮洛普則是待在自己的籠子裡吃向日葵種子。但菲比說什麼就是不肯下車。「我怕，」她對爸爸哀號。「看看那些兇猛的動物，牠們會咬我。」

「唉，真是個傻瓜！」潘妮洛普輕聲對晃晃說：「就算要嚇唬她，也一點都不好玩。她可能會馬上暈過去。」

「拜託，菲比，親愛的，」傑克斯托先生苦苦哀求。「如果妳真的很怕那些動物，爸爸再來接妳回去。」

皮克威克奶奶說：「沒有人會抱一個十歲大的小孩進我屋裡。所以菲比，趕快下車，別忘了妳的行李。」

「好啦……」菲比勉強的說。

「呃，」皮克威克奶奶對傑克斯托先生說：「你可以走了，傑克斯托先生，菲比不會有事的。」

但是，菲比緊緊環抱著爸爸的脖子尖叫：「爸——不要丟下我，不要丟下我，我會怕。」

皮克威克奶奶走到潘妮洛普身邊，對牠說了幾句悄悄話。潘妮洛普從棲木一骨碌跳到門廊上，說：「菲比·傑克斯托，馬上停止胡鬧，馬上。」

菲比轉過頭，看著這隻綠色的鸚鵡說：「哇，爸，你看，那隻鸚鵡會說話耶。」

「妳為什麼不尖叫、也不怕我？」潘妮洛普說。

「我不知道，」菲比說：「可能是因為妳會說話吧。」

「很好，終於有妳不怕的東西了，」潘妮洛普說：「雖然那個東西是我。小女孩啊，妳怎麼會這麼膽小呢？」

「我也不知道，」菲比說：「我什麼都怕。」

「這樣啊，」潘妮洛普說：「那妳最好跟我以前一樣，住在籠子裡，沒有東西進得來，妳也出不去，非常安全。每天的生活一成不變，不會有新的經驗，也不會覺得興奮，就像死了一樣。」

「那妳是怎麼從籠子裡出來的？」菲比問。

「因為皮克威克奶奶把我買回來啦，」潘妮洛普說：「自從皮克威克奶奶把我從寵物店帶回來的那一刻起，她就再也沒有把籠子的門關起來了，我是一路騎在她的肩膀上回來的。『終於有個懂事的人了！』我那時候說。好啦，我們別光站在這裡講一整天話，跟妳爸爸說再見吧，他得回去工作了。」

「爸，再見！」菲比平靜的像一碟奶酪。

「再見，我的膽小寶貝，」爸爸不但感到驚訝，也大大鬆了一口氣。「準備好回家的時候，打電話給我。」

「我會打給你，」皮克威克奶奶說：「再見囉，祝你有個美好的一天。」

「呃，」車子離開後，皮克威克奶奶說：「我們進屋裡整理一下妳的衣服。我幫妳預備了一間小客房，就在我臥房的隔壁。」

菲比的臥房非常舒適，有傾斜的天花板，一張有著四根柱子的高床，必須爬梯子才上得去，窗戶看出去正好是棵胡桃樹。

「哇，好棒的房間。」菲比靜靜環顧四周很快的尋找電燈。可是沒有。只有床頭櫃上有一根蠟燭。

「妳還在用蠟燭？」她問。

「嘿，對啊，」皮克威克奶奶說：「我用蠟燭和煤油燈。等我賣了蘋果和胡桃的收成，也許會買一盞燈。」

「蠟燭會帶來可怕的影子，」菲比說：「像巫婆和壞精靈。」

「才不像巫婆和壞精靈呢，」皮克威克奶奶說：「明明就像兔子、仙子和小精靈。我很會玩影子遊戲喔，今天晚上就玩給妳看。妳整理衣服，我先到地下室拿些蘋果，我想，或許我們可以來點蘋果醬和薑餅當甜點。」

菲比小心翼翼的將自己乾淨的內衣褲和襪子收進五斗櫃的抽屜，然後拎著她星期天穿的洋裝和外套走向衣櫥。衣櫥又大又暗，而且就在屋簷下方，菲比打開門，探頭窺視了一番。

正在衣櫥的角落，祕密收納著胡桃的兩隻灰松鼠泰勒和菲爾伯特，以為是皮克威克奶奶進來了，便大叫：「喳咯，喳咯，喳咯。」

「嗚，天哪，」菲比發出一聲尖叫，馬上重重甩上門。「老鼠！好大的灰老鼠。趕快去告訴皮克威克奶奶。」

她將洋裝和外套扔在床上，急忙跑下樓，一邊喊叫：「皮克威克奶奶，皮克威克奶奶！快來呀。我的衣櫥裡有老鼠。」

沒有人應聲，廚房裡連個人影也沒有。

菲比隨即跑到屋後的門廊。「皮克威克奶奶！」她大喊。

還是沒有人應聲。

「嗚，天哪，」菲比說。「她離開了，把我自己留在這裡。那我該怎麼辦才好？」

潘妮洛普說：「她才沒有把妳獨自留在這裡，我一直都待在這裡，她連後門都沒踏出一步呢。」

「好，那她在哪裡？」菲比說：「我一直叫一直叫，都沒有人回答。」

「妳到底在叫什麼？」潘妮洛普問。

「老鼠啊，」菲比渾身發抖。「我的衣櫥裡有好大的灰色老鼠，我怕得不敢去掛衣服了。」

「我上去瞧一瞧，」潘妮洛普說：「來吧。」

「要去，妳自己去，」菲比說：「我最怕老鼠了。」

「妳根本就是怕所有東西，」潘妮洛普說：「來吧，告訴我老鼠在哪裡。」

「嗚，好吧，」菲比說：「妳想騎在我的肩膀上嗎？」

「我的老天爺啊，不要，」潘妮洛普說：「我受不了容易緊張又神經質的人，我寧可自己走。」

當菲比打開衣櫥的門時，泰勒和菲爾伯特說：「喳咯，喳咯，喳咯。」

菲比又忍不住發出尖叫，潘妮洛普說：「妳這個膽小鬼，那是松鼠啦。是泰勒和菲爾伯特，快過來，給這個傻女孩看看你們的模樣。」

幾顆胡桃咕嚕嚕的滾過來後，泰勒和菲爾伯特也跟著來到了門邊的明亮處。菲比說：「原來是松鼠啊。牠們會咬我嗎？」

「當然不會。」潘妮洛普說：「我的天啊，松鼠不吃肉，」牠對著那兩隻一臉期待端坐著的松鼠說：「她只是想看看你們。好啦，把妳的洋裝和外套掛好吧。」

菲比打了個寒顫，但還是乖乖掛好衣服。泰勒和菲爾伯特靜靜看著她，等她一關上衣櫥的門，牠們便一溜煙鑽進她的外套口袋，拿了兩塊海鹽太妃糖和一條箭牌口香糖，藏在胡桃下面。菲比和潘妮洛普下樓後，還是不見皮克威克奶奶的蹤影，於是潘妮洛普便提議去穀倉找找看。

「穀倉裡都是動物嗎？」菲比憂心忡忡的問。

潘妮洛普說：「那當然，不然妳以為裡面住著愛斯基摩人啊？」

「不會吧，真的有愛斯基摩人住在這裡？」菲比顫抖的說。

「沒有啦！不過，聽說愛斯基摩人都非常和善，」潘妮洛普說：「來吧！」

她們一路走過水槽，鵝夫婦艾弗琳與華倫帶著小鵝，綠頭鴨麥拉、馬莎和小鴨正在池塘裡游水。華倫一見到菲比便伸長脖子，鼓動著翅膀嘶嘶叫了起來，菲比的反應也是尖叫著跑回屋裡。

「噢，華倫，拜託，別這樣！」潘妮洛普說。「這個小女孩只是來作客的，她不會傷害你的小鵝。還有，難道你忘了皮克威克奶奶昨晚交待的事嗎？」

「什——麼——？」華倫說。

「什——麼——？什——麼——？」麥拉和馬莎問。

「皮克威克奶奶說這個女孩非常膽小，所以，她住在這裡的期間，我們要盡可能對她溫柔。現在回到池塘去，別四處聲張。我得進屋裡去好好安撫她，哄她出來。」

於是，鴨子和鵝紛紛回到池塘，潘妮洛普飛到門廊，要菲比和牠一起去穀倉。這一次，她們經過水槽時，所有的鴨子和鵝都笑臉盈盈的看著菲比，並且在水面上踩出一圈圈漣漪。

一走進穀倉，從托洛斯基的欄舍就傳來一陣陣重重踏腳和呼呼的鼻息聲。「嗚，天哪，那個可怕的聲音是什麼？」菲比緊緊攫著通往閣樓的梯子。

「是托洛斯基，牠是一匹馬，」潘妮洛普說：「牠是世界上最溫柔又最值得信賴的傢伙。我們去看看牠吧。」

「嗚，不要，」菲比說：「馬太大了。」

「那我們就到閣樓，從上面看，丟乾草給牠。」潘妮洛普說。

「嗚，不行，」菲比說：「我怕梯子。」

「那麼，」潘妮洛普嘆了口氣，「就繞到牠的欄舍前面，妳放心，牠不可能跑出來，而且妳和牠之間還隔著飼料槽。」

於是，菲比非常膽怯的繞行到托洛斯基的欄舍前面，托洛斯基一臉笑意的向她點點頭，還刻意低下口鼻，等著被撫摸。

可是，菲比不但沒有摸牠，反而向後跳開，她以為托洛斯基要咬她。「退後，退後！」她尖叫。

托洛斯基一臉狐疑的看著潘妮洛普。潘妮洛普說：「托洛斯基，她的膽子比兔子還小。不過話說回來，你為什麼已經繫好馬鞍也戴好轡頭了？」

托洛斯基聳聳牠的馬肩。

「來吧，菲比，」潘妮洛普說：「我帶妳去看芬妮和牠的小豬仔，克萊曼帝斯和小綿羊，海瑟和阿布托絲，兔子、雞、火雞和小火雞，還有喬洛帝、萊帝、寶帝和牠們的小雞寶寶。我知道妳一定不想見到貓頭鷹普利茲、蝙蝠比利和癩蛤蟆溫斯頓。」

芬妮對菲比相當彬彬有禮，小豬仔也很可愛。當潘妮洛普拉開那扇通往萊斯特欄舍的小門時，小豬仔各個興奮的叫嚷玩耍，阿謬和司維特還跑上前，讓菲比抱抱拍拍牠們。

海瑟就像其他小牛一樣膽小，但聞起來香香的，菲比抱著牠的脖子，還搔了搔牠的耳後根。

克萊曼帝斯和小綿羊不肯靠近草地的柵欄，不過，菲比一看見克萊曼帝斯，內心的恐懼便一掃而空，覺得小綿羊就像玩偶一樣可愛。菲比當然怕死了火雞湯姆和湯瑪拉，因為湯姆一跳就一百多公分高，還對著菲比咕嚕嚕叫。但是，菲比倒是沒那麼害怕雞，只是在撿拾雞蛋時還是不免緊張得發抖，不小打破了三顆蛋。她也喜歡兔子，卻有點害怕在堆肥旁晒太陽做沙浴的母雞們。

「好啦，都看過了，」探訪過後，潘妮洛普說：「我們現在最好回屋裡去，問問皮克威克奶奶，為什麼托洛斯基已經繫好馬鞍，戴好轡頭了。說不定她打算教妳騎馬呢。」

「嗚，不，千萬不要，」菲比不寒而慄。「我不要騎馬，我根本不知道要怎麼駕馭馬。」

「連我都能駕馭托洛斯基好嗎，」潘妮洛普說：「妳只要告訴牠想去哪裡，牠就會載妳去，到了以後，牠自己會停下來。如果妳中途想停下來，只要喊一聲『哈』就行了。是不是很簡單？」

「要是我掉下來怎麼辦？」菲比說。

「妳怎麼會掉下來？」潘妮洛普說：「反正，妳只要把腳放進馬鐙，雙手抓穩馬鞍就好了。我們趕快進屋裡去吧。」

他們回到屋裡，還是不見皮克威克奶奶的身影。她沒有在樓上，沒有在客廳，也不在廚房。

「她告訴過妳要去哪裡嗎？」潘妮洛普問。

「沒有，」菲比說：「啊！有，她說、她說要去地下室拿一些蘋果！」

「那我們最好去地下室看看，」潘妮洛普說：「門就在餐廳窗戶外面的下方。」

其中一扇門開著，但地下室非常暗，所以潘妮洛普和菲比便先到廚房拿了火柴和蠟燭。菲比說她不敢用火柴，但潘妮洛普說：「別說傻話了，快劃一根火柴，我開始有點擔心皮克威克奶奶了。」

於是，菲比只好劃一根火柴點燃蠟燭，和潘妮洛普一起走進地下室。她們在水果儲藏間裡發現了皮克威克奶奶，一桶翻倒的蘋果正好壓在她的腳上。她因為疼痛而顯得有點兒暈眩，說話的聲音也很微弱。「菲比，妳搬不動那桶蘋果，快騎上托洛斯基，用最快的速度去拉森家，請尼爾斯過來幫忙搬桶子。潘妮洛普，妳到樓上打電話給醫生，請總機幫妳找就行了。大家動作快一點，我好痛啊。」說完，她便閉上了眼睛。

潘妮洛普跳上菲比的肩膀，對她說：「快，用最快的速度去穀倉。」

菲比火速跑進穀倉，潘妮洛普告訴她怎麼解開托洛斯基的韁繩，把牠帶到水槽邊。然後她要菲比先爬上水槽，再跨騎到托洛斯基的背上。「現在，把妳的腳伸進馬鐙，」等菲比在馬鞍坐定後，潘妮洛普說：「拉起韁繩。好啦，托洛斯基，用最快的速度載她去拉森家。抓穩，菲比，千萬別慢下來。」

剛開始，菲比怕得要命，只好緊閉雙眼，像一袋玉米似的整個人向前趴在馬鞍上。托洛斯基並沒有疾馳狂奔，因為那對新手騎士來說會吃不消，牠以左後腳和右前腳，左前腳和右後腳同時跨步的方式快跑。這麼一來晃動的力量會比較小，菲比也馬上知道自己要坐挺起來，抓好韁繩，並且因此漸漸愛上騎乘在馬背上的感覺。

風灌進她的嘴，路邊的柵欄像雷電般一閃而過，而路旁的樹木看起來反倒才像柵欄。沒多久，便來到拉森家的小徑，接著進入他們家的穀倉空地，尼爾斯也趕緊從停放牽引機的棚子跑過來。「怎麼啦？」他說：「妳還在麥田的那一頭時，我就看到妳了。妳是誰啊？」

「我叫菲比．傑克斯托，」菲比說：「皮克威克奶奶受傷了，她被翻倒的蘋果桶子壓到腳，完全沒辦法動，她需要你，趕快過去吧！」

「來，」說完，尼爾斯便跳上菲比身後的馬鞍。「好啊，托洛斯基，快跑！」他用一隻強壯的手臂環抱著菲比，然後要托洛斯基全速奔馳，菲比覺得，這種坐在馬上奔馳的感覺，就好像在暴風雨中的船上一樣，一會兒高高彈起，一會兒又重重落下，然後不斷上上下下反覆進行著。菲比愛上了這種感覺，但她很慶幸有尼爾斯抱著。

回到農場時，潘妮洛普已經在門廊等待了。牠說：「你們速度好快啊，醫生也在路上了。」牠飛到尼爾斯的肩膀上。「地下室的入口在那裡，」牠說：「菲比，妳進屋裡去升爐火，然後燒一些熱水，順便沖一壺咖啡。」說完，牠便和尼爾斯繞到屋子的另一側。

菲比走進廚房，她這輩子從來沒有升過火，而且這裡的火爐也和媽媽用的電爐完全不一樣。真希望潘妮洛普能留下來教她。她打開火爐前面的小門，火室裡黑漆漆的，連炭都沒有。木盒裡有個像是用來引火的東西，搖椅上有報紙，菲比將報紙揉成一團塞進火爐中，放進幾根細小的引火木條，然後劃下一根火柴。她一臉驚訝的看著報紙燃燒起來，接著點燃引火的木條，當引火木條燒得嗶啵作響時，菲比又塞進幾根比較大的木條，也很快的燒了起來。

她很得意的一直開著火爐的小門，目不轉睛的看著爐子裡的熊熊火焰，差點兒忘了要燒水。她拿起水壺，裡面是空的，於是只好把水壺拿到屋後的門廊，放在汲水幫浦的前面，戰戰兢兢的壓動把手。突然出現了很大的嘎吱聲響，就像有人在用力吸杯子裡最後幾滴冰淇淋汽水一樣。菲比驚嚇得倒抽一口氣，馬上鬆開幫浦的把手。「天哪，這個東西會爆炸吧，」她對正在看她打水的晃晃說：「我想，最好還是去池塘邊打水。」

晃晃一邊汪汪叫，一邊用兩隻前腳用力拉下幫浦的把手，一道涓涓細水便流進水壺裡。「像你這樣做嗎？」菲比問晃晃。晃晃汪汪叫了幾聲。於是，菲比小心翼翼的又拉起幫浦的把手，結果那個聲音又出現了，直到她用力將把手往下壓，頓時，像她手指那麼粗的水流便冒了出來。她又壓了一次，有更多水流出來，她就這麼一直又拉又壓的，把水壺注滿了。

「嘿，還滿好玩的。」她對晃晃說。她提起裝滿水的水壺，放在爐子上，開始燒水。

她的火燒得很旺，又塞了一些木頭進火室，直到裡面塞滿了木頭。就在這時候，潘妮洛普飛進廚房。「火生起來了嗎？」她問。

「自己看吧！」菲比打開火室的小門。

「看起來還不錯，」潘妮洛普說：「那妳打開通風口了嗎？」

「那是什麼？」菲比問。

「旁邊的那個小東西啊，」潘妮洛普說：「看到那些小小的窗子嗎？它們該全部打開還是關上，我忘了。」

「它們現在關著，我來開。」菲比一打開，火勢馬上變得更猛烈。「真好玩，」她對潘妮洛普說：「我也打了水，是晃晃教我的。」

「很好，很好，」潘妮洛普說：「那咖啡呢？妳怎麼沖咖啡？」

「我不會，」菲比說：「我甚至連皮克威克奶奶的咖啡放在哪裡都不知道。」

「就在食物儲藏室那個紅色的罐子裡，」潘妮洛普說：「在咖啡壺裡倒一些咖啡，倒水進去，記得放一片蛋殼，然後煮開就行了。」

「可是要放多少咖啡，倒多少水呢？」菲比問。

「隨便啦！」潘妮洛普說。

「那我去找罐子，」菲比說：「在這裡，上面寫『一杯水加一湯匙的咖啡』，那簡單。」

幾分鐘後，尼爾斯便把皮克威克奶奶抱進廚房，爐火劈哩啪啦作響，水壺發出嗚嗚嗡嗡聲，就連咖啡壺也在爐上燒著。

尼爾斯扶皮克威克奶奶坐到火爐旁的搖椅上。皮克威克奶奶說：「這裡的一切都很舒服，我覺得好多了。」

醫生來了，他說皮克威克奶奶的骨頭沒斷，但還是為她的腳做了包紮，並且交待她這幾天都不要用力。然後，他和皮克威克奶奶還有尼爾斯，一起享用美味的咖啡和甜餅。

醫生要離開的時候說：「皮克威克奶奶，妳真幸運，有個這麼乖巧又勇敢的女孩幫助妳。不像可憐的范戴克老太太只有一個人，她去年冬天傷了腳，因為沒有人幫她，太早開始走動，所以腳傷拖了很久才好。」

皮克威克奶奶說：「我知道自己很幸運啊。想想看，竟然有個會騎馬，會生火、還會煮東西的客人住在這裡，現在，我唯一必須擔心的，就只有擠牛奶這件事了。」

「我來擠就好啦！」尼爾斯說。

「我可以幫忙，」菲比說：「我已經會撿雞蛋了。」

「好啊，」尼爾斯說：「但我得先教會妳怎麼卸馬鞍和餵托洛斯基。」

「你們開始著手之前，我想先請你們幫個忙，」皮克威克奶奶說：「有誰可以到地下室去，幫我拿些蘋果拿上來，我可以坐在這裡削蘋果皮。」

「我去。」尼爾斯說。

「不，讓我去！」菲比一把撈起裝蘋果的籃子，奪門而出。

「等等，」皮克威克奶奶大喊：「地下室很暗，要帶蠟燭啊。」

不過，菲比顯然沒有聽見，因為她完全沒有停下腳步。幾分鐘後，她頭髮沾著蜘蛛斯，手上提著一大籃鮮紅蘋果回到廚房。

「好孩子，」尼爾斯說：「現在，我們去照顧那些動物吧。」

他們離開後，潘妮洛普跳到皮克威克奶奶的腿上，咬了一口甜餅，啜了一口咖啡，然後說：「妳知道嗎，皮克威克奶奶？菲比剛來這裡的時候，我以為她是我這輩子見過最最膽小的人，真恨不得她趕快回家。可是現在，我反而希望她整個夏天都能待在這裡耶。」

「我也這麼想。」皮克威克奶奶說。

第5章

找不到療方

「莫頓，親愛的，」海瑟威克太太說：「你可以去樓上，拿金頂針來給我嗎？就放在我的針線籃裡，針線籃就在窗邊的小桌子上。」

「好。」莫頓興高采烈的放下手中的畫筆，他正在畫一幅牛仔用繩圈套小野牛的圖。他三兩並步的跑上樓梯，四秒鐘內便進到媽媽的房間。然而，就在一腳踏進房間的時候，他的能量似乎也消失了，他像個布偶般軟趴趴的站著，凝視著天花板，看了一會兒後，又看向窗外。

「咦，這扇窗子的視野真好。」莫頓望著窗外的鄉間景致喃喃自語。他看見強森先生正在抓蘋果樹的毛毛蟲，吉爾太太在為矮牽牛插支架，裘迪．瓊斯坐在自己的床上，他沒有整理房間。也看見雪倫．羅傑斯穿著輪鞋，在柳樹街上來回滑八字形。

「要是有人在這扇窗邊待得夠久，」莫頓說：「就能對全世界發生的每一件事瞭若指掌了。」

就在那時候，媽媽的聲音從樓下飄了上來。「莫頓，」她大聲叫喊：「你到底在做什麼啊？快拿頂針來給我！」

莫頓跑下樓說：「我找不到。」

「你找過針線籃了嗎？」媽媽問他。

「什麼針線籃？」莫頓說。

「就是放在窗邊小桌子上的籃子啊。」媽媽說。

「啊，那個啊！」莫頓的口氣彷彿覺得媽媽的房間就是個巨大、紊亂的針線籃。

「快拿，」媽媽不耐煩的說：「沒有頂針，我就沒有辦法把針刺穿你的牛仔褲，我還有四條褲子要補呢。」

於是，莫頓又上樓去了。這次則是在樓梯最上面遇見他的狗泰卡隆，那隻狗不停的舔他的臉，像是在告訴他什麼。

「怎麼啦，老傢伙？」莫頓抱抱泰卡隆。「發生什麼事了？」

「嗯——嗚——嗯——」泰卡隆舉起自己的爪子，讓莫頓看看扎在牠腳趾間的那根刺。

「噢，可憐的老傢伙，」莫頓說：「別動，我幫你拔出來。現在有沒有覺得舒服一點？」

泰卡隆並沒有太喜悅的反應，於是莫頓又仔細檢查了一下，發現他身上到處都是刺。

「嗯，」莫頓走進房間，拿出媽媽的銀髮梳和毛刷。「我們來梳掉所有的刺，好不好啊，老傢伙？」

半個小時後，海瑟威克太太走到樓梯旁大喊：「莫頓，頂針呢？」

「啊，那個啊，」莫頓說：「我找不到。」

媽媽絕望的嘆了口長長的氣，自己跑上樓，走進房間，打開那放在窗邊小桌上的針線籃，那個金頂針馬上映入眼中。她氣呼呼的走出房間，揪起莫頓的耳朵，把他帶進來，給他看那個頂針。他說：「唉呀，天哪，原來妳說的是這個籃子啊。」

莫頓的媽媽說：「你手上拿的是我的銀髮梳嗎？」

「我想是吧……」莫頓說。

「你拿它幹什麼？」媽媽問。

「幫泰卡隆刷掉身上的刺啊。」莫頓說。

「竟然用我的銀髮梳刷狗毛！」媽媽發出刺耳的尖叫。

「嗯，對啊，」莫頓說：「比我的好梳多了，因為這把梳子的爪子比較硬。」

「那你一定也拿了我的梳子來用！」媽媽說。

「有啊，」莫頓說：「可是那會拉扯泰卡隆的毛，牠不喜歡。」

「莫頓．海瑟威克，」媽媽說：「馬上去拿我的梳子來，而且，只要我還有一口氣在，就絕對不要讓我看見你又拿它去梳任何東西。」

莫頓回到走廊，然後又回過頭大聲說：「我找不到。」

「找不到？」媽媽說：「太荒謬了，你剛剛不是還在用。」

「可是，它不見了，」莫頓說：「有人把它拿走了。」

「誰會把它拿走？」媽媽說。

「我不知道，」莫頓說：「但一定有人拿走了。可能是很厲害的小偷，他們會偷偷摸摸溜進屋子，妳根本不會發現。」

「如果有小偷溜進屋子，泰卡隆一定會叫啊，」海瑟威克太太說：「再說，小偷要拿那把斷了兩根爪子，而且又沾滿狗毛的梳子做什麼？」

「我不知道，」莫頓說：「不過，那些小偷有時候會瘋狂到什麼東西都拿。」

「這間屋子裡根本沒有小偷，」海瑟威克太太氣急敗壞的說：「從來沒有小偷闖進這間屋子，所以屋子裡也絕對不會有小偷。**快去找我的梳子，現在就去！**」

就在那時候，泰卡隆起身去追一隻在走廊窗邊嗡嗡作響的蒼蠅，而那把梳子，就躺在他剛剛趴臥的地板上。

「嘿，媽，妳的梳子在這裡，」莫頓撿起梳子，一臉洋洋得意的交給媽媽。「它就躺在地板上，被泰卡隆壓著。」

「滿口胡說八道，」媽媽說：「如果你還要繼續幫泰卡隆刷身上的刺，那就去地下室拿牠的毛刷和梳子來。就放在洗手臺上面的架子，在除蚤粉和除蟲藥的旁邊。」

「嗯，我知道，」莫頓說：「來吧，泰卡隆，我們去把那些刺刷乾淨。」他們快跑下樓梯，媽媽可以清楚聽見莫頓砰砰砰的跑進地下室。

兩秒鐘後，地下室便傳來叫喊的聲音。「嘿，媽，我找不到泰卡隆的梳子，沒有在架子上。」

「一定有，」媽媽也跟著叫喊。「我昨天才看到，就在洗手臺上面。」

於是，莫頓找了門邊放園藝工具的架子，找不到泰卡隆的刷子和梳子，卻發現一罐油漆，那是夏天時為了重漆他的腳踏車買的。

「咦，這不就是我今天要做的事嗎，」他對泰卡隆說：「油漆我的腳踏車。我要把車全部漆成紅色的，搭配銀色的輪框。天哪，班吉一定會嫉妒死了，他的腳踏車生鏽得像個破錫罐。快來，泰卡隆，我們來把腳踏車推到窗邊，這樣工作的時候才能看得清楚。」

莫頓上樓吃午餐的時候，媽媽問：「泰卡隆身上的刺都刷乾淨了嗎？」

「呃，我找不到刷子和梳子，」莫頓說：「但我在忙著油漆腳踏車，它看起來棒透了。」

「你有先在地板上鋪報紙嗎？」媽媽問他。

「沒有，」莫頓說：「但我現在只漆到上半部。」

「油漆滴得到處都是嗎？」媽媽問。

「呃，只滴了一點點，」莫頓說：「可是我擦掉了，妳看！」

莫頓拎起自己的手帕，那條手帕看起來彷彿他剛剛流了很多鼻血似的。

「用手帕擦？」媽媽哀號。

「對啊，」莫頓說：「我把地板都擦乾淨了喔。」

「好，」海瑟威克太太說：「從現在開始，只准用抹布擦油漆，還有拜託，開始油漆前，先在地板上鋪好報紙。放油漆的櫥櫃裡有一瓶松節油，只要沾一點在抹布上，就可以把你臉上、頭髮和手臂上的油漆都擦乾淨。」

「好的，媽，」莫頓說：「我吃完這根香蕉就去擦。」

不過，莫頓吃完香蕉後，他當然還是找不到松節油。

「媽，松節油放在哪裡啊？」他從地下室大叫：「我在放水果的櫥櫃裡找了半天，沒有啊。」

「我又沒說在放水果的櫥櫃，」媽媽說：「我是說，在油漆的櫥櫃，放在最上層。」

「沒有啊！」幾分鐘後，他又大叫，不過，值得慶幸的是，海瑟威克太太已經上樓換衣服去了，因為她要去上陶藝課，完全沒有聽見莫頓的回答。換完衣服後，她要莫頓在她上課的這段時間，去畢罕太太家找安特普萊斯玩。

他說：「噢，媽，我討厭去畢罕家。畢罕太太有潔癖，她都要我們隔著玻璃窗看電視，而且不准泰卡隆靠近她家一步。」

「那麼，要不要乾脆叫安特普萊斯過來玩，」海瑟威克太太問：「你們可以玩搥球。」

「可是，我們沒辦法玩搥球，」莫頓說：「我找不到那些球了。」

「都在車庫裡啊！」媽媽說。

「咦，媽，沒有耶，」莫頓說：「我昨天找過了。」

於是，海瑟威克太太說：「好吧，那你就和安特普萊斯做爆米花好了。電動爆米花機就在放鍋子的櫥櫃裡。」

「耶，我喜歡爆米花，」莫頓說：「這個點子太棒了。媽，再見，好好玩喔。」

海瑟威克太太出門走進車庫，坐進車裡，當她倒車的時候，發現那些搥球就整齊的排列在海瑟威克先生的工作臺上。她嘆了口氣，她懷疑莫頓的眼睛是不是瞎了。

平常，海瑟威克太太很喜歡上陶藝課，因為她最要好的朋友都會來上課，她們會做出各式各樣漂亮的東西。玫瑰裝飾的煙灰缸、玫瑰裝飾的盤子、玫瑰裝飾的大缽、玫瑰裝飾的香菸盒，就連餐巾套環、湯匙架和火柴，也全都有玫瑰裝飾。但今天是課程的重頭戲是——玫瑰，栩栩如生的大玫瑰，而且不裝飾在任何東西上。這些玫瑰不做任何用途，單單只放在房子裡當擺飾，像是放在收音機，電話桌或壁爐臺上。真正的玫瑰陶藝品不管放在什麼地方都會美得不得了。海瑟威克太太一邊哼著愉快的曲調，一邊塑陶。突然，電話響了，是莫頓打來的。莫頓說：「媽，玉米粒在哪裡？」

她說：「和玉米脆片放在同一個櫃子啊。」

她回去繼續捏玫瑰，她手中的陶土愈來愈有模有樣，已經不再像是發霉的包心菜了。但就在這時候，電話又響了，還是找海瑟威克太太。莫頓說：「媽，我找不到玉米粒。」

她說：「就放在玉米脆片盒的旁邊，你不可能看不到。」

她回去繼續做玫瑰。但電話又響了，還是莫頓。他說：「我找不到爆米花機。」

她說：「我說過了，就在放鍋子的那個櫥櫃裡，最上層的後面。把插頭插在爐子旁邊的插座就行了。玉米粒就在我說的那個地方，對不對？」

莫頓說：「唉，我找不到我們家的玉米粒，所以安特普萊斯回家拿他的了。好啦，媽，再見了。」

那是最後一通電話了，所以海瑟威克太太以為莫頓已經找到所有需要的東西。她為自己的玫瑰上了鮮豔的粉紅色釉彩，並且為那些栩栩如生的刺得意不已。勞．哈潑史考區老師說，那是全班做得最美的玫瑰，只要放進窯裡燒，星期六就能帶回家擺在收音機上了。海瑟威克太太高興的像隻蜜蜂。

回家途中，她盤算著要把美麗的玫瑰放在客廳的什麼地方，看起來會最醒目。可是，當她一腳踏進客廳的時候，卻忍不住發出一聲尖叫，並且趕緊用雙手摀住眼睛。兩個滿臉黝黑的小野人，就蹲在煙霧迷漫的壁爐前，不停搖晃著手中油膩膩的小燒鍋。他們的身邊到處堆滿了三公分厚，油膩燒焦的爆米花和鹽巴。「你們到底在搞什麼鬼？」海瑟威克太太驚魂未定的尖叫。

「做爆米花呀，」從最黑的那張小野人的臉傳出莫頓的聲音：「我們找不到電動爆米花機，所以只好在壁爐生火，用最傳統的方式來做。」

「馬上給我拿走，」海瑟威克太太嚴厲的說：「然後拿吸塵器過來給我。」

「天哪，莫頓，我得回家了。」安特普萊斯邊說邊閃向大門。

「你得留下來，把這裡清理乾淨。」海瑟威克太太說。

「好吧……」安特普萊斯默默拿起掃帚去掃爆米花，結果一不小心，把一顆爆米花彈到海瑟威克太太的眼睛。

「噢，你回家，」她說：「還有你，莫頓，給我上樓回房間。我自己來打掃還比較安全一點。」

她花了一個小時吸完所有的爆米花，再花三小時把那條灰色新地毯上的油漬清洗乾淨，卻只花了兩秒鐘，就找到電動爆米花機，而且就擺在她告訴莫頓的那個地方。

那天，當海瑟威克先生飢腸轆轆的回到家，滿心渴望能有塊蘋果派或熱騰騰的巧克力蛋糕解飢時，卻發現他的妻子在廚房裡號啕大哭。她邊哭邊說：「今天是我人生中最悲慘的一天，我確定莫頓的眼睛快要瞎了。」

「天哪，真是太慘了，」海瑟威克先生說：「他人在哪裡？」

「樓上房間。」海瑟威克太太說。

海瑟威克先生飛奔上樓。他衝進莫頓房間裡的時候，他正在一筆一畫仔細完成那幅牛仔套小野牛的圖。

「嗨，爸！」他抬起頭說。

「嗨，兒子，」海瑟威克先生說：「這幅畫實在太棒了，你怎麼辦到的？用手指邊摸邊畫嗎？」

「當然不是，」莫頓說：「我是看著它畫的。」

「看著它？」莫頓先生說：「你看得見？」

「我當然看的見啊，」莫頓說：「我可是班上同學中視力最好的一個呢，護士說的。」

海瑟威克先生下樓，把莫頓是學校同學中視力最好的人這件事告訴海瑟威克太太，海瑟威克太太只好把頂針、梳子、泰卡隆的毛刷和梳子、松節油、玉米粒和爆米花機，還有搥球的事，一五一十的都告訴他。

「嗯，」海瑟威克先生說：「看來他需要一頓好打。」

「不，別這樣，」海瑟威克太太說：「賈斯汀，不要體罰，一定有更好的方法可以解決。」

「不然，去找皮克威克奶奶？」海瑟威克先生說。

「對，」海瑟威克太太說：「這就對了。我馬上打電話給她。」

星期五早上，莫頓快要抵達時，尼爾斯．拉森也正好騎著他的白馬查理飛奔到皮克威克奶奶家，心急如焚的告訴她，他在家附近的麥田裡看見一隻巨大的草原狼。「牠在找獵物，」他說：「阿布托絲的小牛還在牠身邊嗎？」

「可能沒有，」皮克威克奶奶說：「昨天晚上我試著要帶牠進穀倉，給牠一些乾草，牠卻怎麼也不肯進去。小牛也沒有跟在牠身邊，但我偶爾會看見牠出現在有小溪流過的那片草地上。」

「糟了，」尼爾斯說：「如果我是妳，我會盯好牠。要知道母牛很會藏自己的小牛，要是牠昨天晚上不肯進穀倉，那麼就有可能把自己的小牛給藏起來了。那頭老草原狼一定也知道這件事。我一看到那頭狼就趕緊衝進屋裡拿槍，可是等我回到麥田時，牠當然已經不見了。牠們可是最狡猾的動物啊。」

就在那時候，莫頓的父親開車把莫頓送來了。「真高興見到你，」皮克威克奶奶給了莫頓一個大大的擁抱。「我現在正好需要一個眼力和腳程都比我好的人。」

「為什麼？」莫頓邊摸查理的鼻梁邊問。

「因為這位拉森先生，看見他的麥田裡出現了一頭草原狼，我們認為阿布托絲可能帶著自己的小牛，並且把牠藏起來了。如果草原狼比我們先一步找到牠，那麼，牠就完蛋了。」

「別擔心，皮克威克奶奶，我會幫妳找到小牛，」莫頓說：「好啦，爸，再見，我得去工作了。」

「再見，兒子，」海瑟威克先生說：「要乖乖聽話，盡力幫助皮克威克奶奶哦。」

「我一定會！」莫頓把自己的行李箱、遊戲盒、弓箭、繪畫箱和圖畫紙全都堆放在屋後的階梯上，脫掉夾克，扔在那堆東西的最上面，然後說：「皮克威克奶奶，妳剛剛說的那隻小牛可能在哪裡？」

「過來，坐上來，」尼爾斯彎下腰，向莫頓伸手。「我帶你過去，指給你看。」

「耶！」莫頓跨騎上馬背，坐在尼爾斯前面。「嘿，爸，快看，我像牛仔一樣騎在馬背上耶。」

「走！」尼爾斯說完，查理便緩緩朝麥田的方向走去。

給莫頓看過草原狼出沒的地方後，尼爾斯便帶他到阿布托絲所在的那片草地。他們從馬背上下來，走向阿布托絲，牠正在北邊的圍欄旁吃著苜蓿草。「嗨，老小姐！」尼爾斯拍拍牠的身側。阿布托絲眨了眨眼，繼續嚼著苜蓿草。

莫頓說：「天哪，牠好漂亮。我可以學擠牛奶嗎？」

「那當然，」尼爾斯說：「但你現在最好先找到牠的小牛。一找到就告訴我，我再帶牠們回穀倉。」

說完，尼爾斯便騎著查理離開了。莫頓在阿布托絲身旁的苜蓿草地坐下來，想著小牛的事。「我想要有一隻自己的小牛，」他心想：「我要讓牠像狗狗一樣，跟我一起睡，還要帶牠去學校。我要叫牠巴弟，等牠長大以後，會變成一隻危險的大公牛，到時候，我就在牛仔競技會上騎牠。」

莫頓神遊在自己的想像中時，阿布托絲也趴了下來，開始反芻食物。莫頓覺得牠非常友善，就對牠說：「妳真是個好女孩，阿布托絲，我絕對不會讓任何一隻草原狼吃掉妳的小牛。我一定會找到牠，然後把牠平安的帶回穀倉。」阿布托絲閉上眼睛。

莫頓一邊對阿布托絲說話，手指也一邊在苜蓿草間游移，突然，他好像摸到了什麼軟軟的東西。他低頭一看，發現手中有一顆肥美紅潤的野草莓，他將那顆野草莓放進嘴裡，嘗起來溫潤甜美又多汁。「哇，天哪，」莫頓說：「野草莓耶，我要帶一些回去給皮克威克奶奶。」

於是，他便趴在地上，到處摘野草莓，把它們放進自己的手帕裡。大約摘滿了一手掌的草莓後，他抬起頭，發現有隻棕色的小兔子正看著他。

「嗨，小兔子。」他一屁股坐了下來，漫不經心的將草莓一顆顆放進自己嘴裡。兔子跳開，莫頓也跟了過去，接著兔子便消失在一根原木的樹洞裡。莫頓伸手進去摸了又摸，除了土什麼也沒摸到。他既失望又疲倦，便仰躺在草地上，望著天空發呆。

一隻巨大的老鷹在晴朗天空中盤旋，牠繞著大圈圈慢慢滑翔。一隻草原雲雀開始唱歌，那隻鳥就佇立在圍欄的木樁上，昂首高歌。每個清亮甜美的音符都像泡泡一樣飄進璀璨的陽光裡。一隻像乾草般黝黑亮麗的甲蟲緩緩爬上莫頓的手指，然後鑽進草叢裡。「我好喜歡住在鄉下，」莫頓說：「我要去溪邊，找一棵柳樹做柳葉笛。」

於是，他走來溪邊，找到柳樹，但同時也找到一隻綠色的大青蛙，一條黃色的小水蛇，兩隻蟋蟀，以及一大把長春花。他把長春花和幾乎快被壓爛的草莓一起包進手帕裡，將綠青蛙塞進上衣，把蟋蟀放進褲子後面的口袋，然後讓小蛇盤在自己的手上。

「天哪，皮克威克奶奶一定會很高興！」他邊說，邊緩緩的穿越草地走回家。

當他試著從圍欄下面鑽過去的時候，蟋蟀跑掉了。他追了好一會兒，最後還是決定放棄。太陽實在太灼烈，反正蟋蟀到處都有。他坐在楓樹的樹蔭裡，掏出他的「巴弟」，就是那隻青蛙。此刻，他已經將不久前才出現在腦中的那隻名叫巴弟的小牛忘得一乾二淨了。這隻名叫巴弟的青蛙有非常美麗的綠色，肚皮則是黃色的。牠對莫頓鼓了鼓腮幫子，又眨了眨眼睛。

莫頓說：「回到家後，我要用火柴盒幫你做張小床，你可以睡在我的房間裡。我會抓蒼蠅給你吃，也會帶你去水槽游泳。」

巴弟說：「嘓嘓嘓。」

天哪，坐在楓樹下面多麼平靜舒服！莫頓閉上眼睛，一陣微風輕拂過他的頭髮，他睡著了。等他醒來時已經下午了，巴弟不知道跳到哪裡去了，他肚子好餓。他抓起那條包著長春花和壓爛草莓的手帕跑過整片草地，翻過小山丘，穿越樹林，繞過穀倉，回到皮克威克奶奶家屋後的門廊。皮克威克奶奶正在廚房裡烤花生醬餅乾。

「嗨，莫頓，」她說：「了不起的男孩！你找到小牛啦！我就知道你一定會找到。」

「小牛？」莫頓一把抓起六片花生醬餅乾，把其中三片一口氣塞進嘴裡。「什麼小牛？」

「阿布托絲藏起來的小牛啊，」皮克威克奶奶說：「你出去找牠好幾個小時了。」

「啊，那隻小牛啊，」莫頓說：「我找不到。可是我幫妳帶了一些野草莓回來。」他打開手帕，給皮克威克奶奶看那些完全壓爛並且與長春花攪和在一起的野草莓。

她說：「唉呀。」

「看起來好像不太好，對不對？」莫頓說：「我猜可能被我坐到或壓壞了。」他又拿了六片餅乾。

「你去哪裡找小牛啊？」皮克威克奶奶問。

「呃，草地附近，」莫頓說：「她不在那裡。」

「你試過沿著溪流往下找嗎？」皮克威克奶奶又問。

「有啊，」莫頓說：「我在那找到一隻青蛙，我取名叫巴弟，牠的肚子是黃色的。噢，牠好可愛喲，可惜牠趁我睡著的時候逃走了。」

「睡著！」皮克威克奶奶說：「你是說，在阿布托絲的小牛下落不明，可能淪為兇猛草原狼的獵物時，你竟然睡著了？」

「採草莓好累，所以就小睡了一下。」莫頓一邊說，又一邊伸手，去拿更多餅乾。

皮克威克奶奶看了看那十多顆爛草莓，又看看莫頓，然後對他說：「莫頓，我對你非常非常的失望，你根本沒有去找小牛，太陽就快下山了，天一黑，那隻草原狼就會從山上溜下來，找到那隻小牛然後吃掉牠。你應該感到慚愧，非常慚愧，很顯然你一點都不愛動物。」

「我愛呀，」莫頓說：「我本來想找到那隻小牛，然後把牠取名叫巴弟，然後把牠養成大公牛，可是後來看見那些草莓，又追一隻兔子，接著又去追蟋蟀……」

「算了，」皮克威克奶奶說：「你最好跟我去穀倉，幫我把所有的事都料理完，這樣我才能去找那隻小牛。」

莫頓根本沒幫上什麼忙。他找不到乾草叉，沒辦法剷乾草給托洛斯基。找不到海瑟吃的小牛飼料，也找不托洛斯基的燕麥，皮克威克奶奶只好要他進屋裡，將餿水桶提過來，倒給芬妮吃，結果他回來時，一隻手卻拿著用櫻桃葉醃漬的黃瓜，另一隻手抓著滿滿的餅乾。皮克威克奶奶對他說：「你回去待在自己房間裡。反正你一點忙都幫不上，我自己把事情做完，然後自己去找小牛。」

莫頓覺得很受傷，他認為皮克威克奶奶根本沒有必要這樣。他跑回屋裡，拖著沉重的腳步進房間，然後趴在自己的床上。

「皮克威克奶奶不喜歡我，這下麻煩大了，」他對睡在枕頭上的蹦蹦說：「沒有人喜歡我。爸爸媽媽把我送來這裡，表示他們不要我了，現在連皮克威克奶奶也不要我，她可能會把我送去孤兒院，我甚至連午餐都還沒吃呢。」說著，他便哭了起來。

一路跟著莫頓進屋裡的晃晃舔了舔他的手，低聲輕輕哀鳴，牠不喜歡看見有人難過。莫頓用袖子抹了抹眼淚說：「好吧，晃晃，既然沒有人喜歡我，也沒有人要我，那我最好逃走吧。我要去阿拉斯加挖金礦，等我賺了大錢再回來，到時候，我就不跟任何人說話，好不好？」

晃晃搖搖尾巴，微笑著看莫頓下床，逃走。

他沿著小徑一直跑，穿越小樹林，跑進他採野草莓的那片草地。當他跑進草地時，靈機一動，想去找找他的青蛙巴弟。於是，他繞到自己先前打瞌睡的楓樹下，可是那裡現在變得又昏又暗，太陽下山了，樹蔭也變得像山洞一樣暗。「反正，說不定牠早就跳回小溪了，去那裡看看吧。」

小溪旁也變得很暗，又暗又溼。莫頓踩在一團他認為是溼濘草叢的地方，卻赫然發現水深及膝，等他把腳拔出來的時候，又聽見令人不寒而慄的吸附聲音。「流沙！」他對晃晃說：「我們最好趕快離開這裡。」於是，他們跑過草地，回到楓樹下坐著。

他們身邊充斥著夜晚各種詭異的聲音，樹葉沙沙作響，樹枝發出劈劈啪啪的聲音，青蛙嘓嘓叫，夜鷹發出哀鳴，就連貓頭鷹普利茲也來湊一腳，嗚嗚叫個不停。

接著，一聲狼嚎越過山谷傳了過來。那個聲音恐怖極了，兇猛、孤獨又狂野。莫頓跳起來對晃晃說：「晃晃，我要趕快爬到這棵老楓樹上面睡覺，因為獵人都會這麼做，如果你想一起上來也可以。」

晃晃向他吠了幾聲。

於是，莫頓真的爬到樹上，而且爬得好高好高。事實上，他幾乎爬到可以看見幾百里遠的高處，他可以清楚看見拉森家農場上的燈，可以看見那條蜿蜒山谷的溪流，也能看見皮克威克奶奶家後面那棵有蜂窩的樹，甚至還能看見在草地上的阿布托絲，牠正低頭吃草。不對，牠不是在吃草，好像在舔東西，而且發出哞哞的叫聲。說不定牠在舔的就是那頭小牛。

「啊！」莫頓用比松鼠還快的速度從樹上爬下來，沿著溪流，火速飛奔過田野，沿著小溪來到阿布托絲所在的地方。阿布托絲一看見他便走開，但莫頓早就用一棵野櫻桃樹標示出牠剛剛所在的位置了。他馬上跑到那棵樹，在濃密的燈心草中，隱身在幾株小柳樹後面，有一隻棕白相間的小牛窩在那裡。莫頓跪下來拍拍牠說：「找到妳了，妳是我的，小巴弟。妳看起來像隻小鹿呢。」

就在那時候，溪流的對岸傳來了草原狼的嗥叫，阿布托絲也驚恐的發出嗚叫。晃晃吠個不停，莫頓站起來大喊：「皮克威克奶奶，我找到牠了，我找到牠了。」

皮克威克奶奶也大喊著，「待在那裡別動，我馬上就來。」

她的燈籠像螢火蟲般，穿越田野一閃一閃的靠近。莫頓很高興她帶了燈籠過來。「那頭草原狼的聲音聽起來近得可怕。」

皮克威克奶奶說：「噢，莫頓，你真是勇敢的孩子，竟然敢在黑暗中一直等到阿布托絲領你找到牠的小牛。我剛剛真是誤會你了，實在非常抱歉。」

莫頓說：「嘿，皮克威克奶奶，沒關係啦。不過既然妳在這裡，我就去通知尼爾斯。來吧，晃晃。」

尼爾斯帶小牛回到穀倉，阿布托絲也一路尾隨在後。當牠們都回到舒服的欄舍後，皮克威克奶奶說：「莫頓，你實在是個非常勇敢的小男孩，而且又很會找東西，我決定將這頭小牛送給你，你要為牠取什麼名字？」

「呃，」莫頓說：「可是我想要的是小公牛。」

「不過，你現在有一頭可愛的小母牛了。」尼爾斯說。

「好吧，那我要叫牠野莓。」莫頓說。

「真是個美麗的名字，」皮克威克奶奶說：「連我都想不到更好的名字了。好吧，來吃晚餐如何？」

「哇，太棒了！」莫頓說。

「我烤了豆子，做了黑麵包，我想，食物櫃裡應該還有櫻桃派。」

這實在太棒了，找到那頭不見的小牛，澈底翻轉了莫頓．海瑟威克的命運。第二天一早，當皮克威克奶奶請他去剷乾草給托洛斯基吃的時候，他不再慢吞吞的爬上梯子，躺在乾草堆上，盯著倒掛在屋樑上的蝙蝠比利，然後大聲對皮克威克奶奶說：「我找不到乾草叉。」這一次，他快跑上梯子，找到乾草叉，剷了很多乾草給托洛斯基。

然後，他把乾草叉放回窗邊的時候，還在一個盒子後面，發現尼爾斯太太給皮克威克奶奶的普利茅斯母雞——亨利太太。牠正蹲伏在窩裡，孵著十六顆棕色的大雞蛋。皮克威克奶奶高興極了，因為亨利太太已經失蹤好幾天了，她還以為這隻母雞被黃鼠狼叼走了。莫頓拿了一碟水和穀子來給亨利太太，牠高興得咕咕叫了幾聲。

那天吃過午餐之後，當莫頓爬到胡桃樹上綁鞦韆時，看見躡躡從地下室裡出來，嘴裡還叼著一隻小貓。躡躡高高的仰著頭，避免讓那隻胖小貓拖在地上，牠很快的跑過後院，鑽進柴房。幾分鐘後，牠又回到地下室，叼出另一隻小貓，一次又一次。

莫頓迫不及待要告訴皮克威克奶奶這件事。他顧不了手可能會刮傷，直接抓著鞦韆的繩子就從樹上滑下來，飛奔進廚房。「皮克威克奶奶，」他說：「躡躡生了四隻小貓，而且我知道牠把那些小貓藏在哪裡。」

他每天都有新的發現：綠頭鴨的窩、兩支馬蹄、有蜂窩的樹、生鏽的鐵鎚、印地安人的箭頭，還有皮克威克奶奶找了兩個月都找不到的浮雕貝殼胸針——他在雞舍裡的飲水槽下面發現了。他把胸針放進撿雞蛋的籃子裡，皮克威克奶奶看見時，眼淚差點兒奪眶而出。她小心翼翼的拿起胸針，在幫浦下清洗乾淨，別在自己的衣服上說：「這是皮克威克爺爺給我的第一份禮物，對我來說比任何東西都還重要。莫頓，衷心感謝你幫我找到。」

莫頓說：「噢，沒什麼啦，皮克威克奶奶，我正好有一雙全世界最銳利的眼睛。」說完，他便蹦蹦跳跳的離開門廊，一溜煙的爬到胡桃樹上去了。

小麥田

小麥田世界經典書房05

皮克威克奶奶3 農場好好玩
Mrs. Piggle Wiggle's Farm

作　　者　貝蒂．麥唐納（Betty MacDonald）
譯　　者　劉清彥
封面設計　達　姆
校　　對　陳庭安
責任編輯　汪郁潔

國際版權　吳玲緯
行　　銷　何維民　吳宇軒　陳欣岑　林欣平
業　　務　李再星　陳紫晴　陳美燕　葉晉源
副總編輯　巫維珍
編輯總監　劉麗真
總 經 理　陳逸瑛
發 行 人　凃玉雲
出　　版　小麥田出版
10483台北市中山區民生東路二段141號5樓
電話：(02)2500-7696
傳真：(02)2500-1967
發　　行　英屬蓋曼群島商家庭傳媒股份有限公司
城邦分公司
10483台北市中山區民生東路二段141號11樓
網址：http://www.cite.com.tw
客服專線：(02)2500-7718｜2500-7719
24小時傳真專線：(02)2500-1990｜2500-1991
服務時間：週一至週五09:30-12:00｜13:30-17:00
劃撥帳號：19863813　　戶名：書虫股份有限公司
讀者服務信箱：service@readingclub.com.tw
香港發行所　城邦（香港）出版集團有限公司
香港灣仔駱克道193號東超商業中心1/F
電話：852-2508 6231
傳真：852-2578 9337
馬新發行所　城邦（馬新）出版集團 Cite (M) Sdn Bhd.
41-3, Jalan Radin Anum,
Bandar Baru Sri Petaling,
57000 Kuala Lumpur, Malaysia.
電話：+6(03) 9056 3833
傳真：+6(03) 9057 6622
讀者服務信箱：services@cite.my
麥田部落格　http://ryefield.pixnet.net
印　　刷　前進彩藝有限公司
初　　版　2020年2月
初版二刷　2021年8月
售　　價　290元
版權所有 翻印必究
ISBN 978-957-8544-24-6
Printed in Taiwan.
本書若有缺頁、破損、裝訂錯誤，請寄回更換。

Mrs. Piggle Wiggle's Farm by Betty MacDonald
Complex Chinese translation © 2020 by Rye Field Publications, a division of Cite Publishing Ltd.
All Rights Reserved

國家圖書館出版品預行編目資料

皮克威克奶奶3 農場好好玩／貝蒂．麥唐納（Betty MacDonald）作；劉清彥譯. -- 初版. -- 臺北市：小麥田出版：家庭傳媒城邦分公司發行, 2020.02
面； 公分. --（小麥田世界經典書房；5）
譯自：Mrs. Piggle Wiggle's farm
ISBN 978-957-8544-24-6（平裝）

874.59　　108019506

城邦讀書花園 www.cite.com.tw
書店網址：www.cite.com.tw